Learning English with triple-lined notebooks

三條線筆記術
史上最強
英語學習法

Avid升學指導會院長
Kazuhiko Hashimoto
橋本 和彥

製作自己專屬的「英語筆記」！

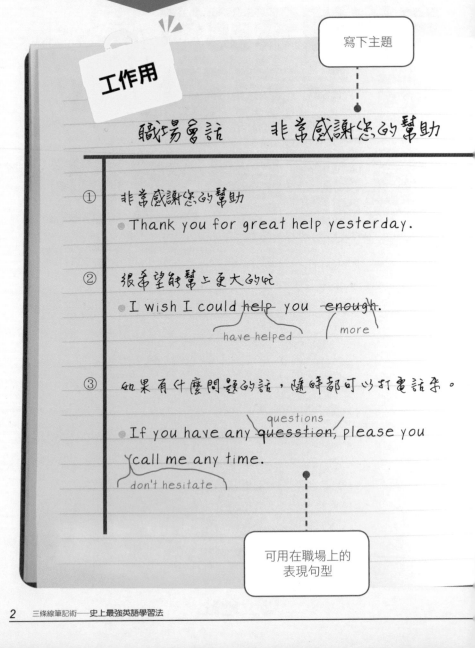

寫下主題

工作用

職場會話　　非常感謝您的幫助

① 非常感謝您的幫助
- Thank you for great help yesterday.

② 很希望能幫上更大的忙
- I wish I could help you enough.
  have helped　　　more

③ 如果有什麼問題的話，隨時都可以打電話來。
- If you have any quesstion, please you
  questions
  call me any time.
  don't hesitate

可用在職場上的
表現句型

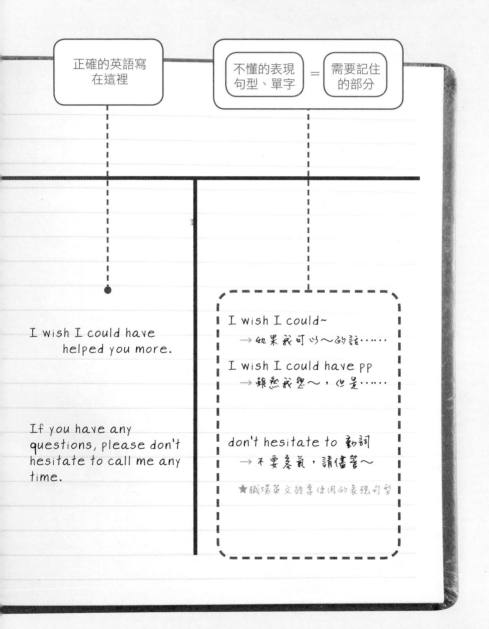

正確的英語寫
在這裡

不懂的表現
句型、單字
=
需要記住
的部分

I wish I could have
helped you more.

If you have any
questions, please don't
hesitate to call me any
time.

I wish I could~
→ 如果我可以～的話……

I wish I could have pp
→ 雖然我想～，但是……

don't hesitate to 動詞
→ 不要客氣，請儘管～

★職場英文經常使用的表現句型

旅行用

試著寫日記

和家人到宮古島旅行

July 24　趁著暑假，和家人一起到宮古島去。
那裡的海，真是美呆了。

I went to Miyakojima on
　　　summer vacation with my family.
The sea is fantastic and beautiful.

July 25　享受了一整天的浮潛。
珊瑚真是繽紛多彩。
宮古牛的牛排真在太好吃了。

It enjoyed doing snorkeling during a day.
The 珊瑚 was very colorful.
The steak of Miyakojima beef was
　　　very delicious.

珊瑚 Coral
一整天 all day

不懂的表現
句型、單字 ＝ 需要記住
的部分

5

快速有效地改變你的英語學習方法！

手上正拿著這本書的你，你的英語學習成效是不是有很好的進展呢？我想，你應該有不少的困擾，所以才會拿起這本書吧。想要隨心所欲地運用英語，可真的是相當不簡單的事。

然而本書所介紹的方法，只要在筆記本上畫上三條線，就能讓你學到和以前完全不同、而且效率極高的英語學習方法。雖然它很簡單，但是卻能一八〇度地改變你以往的英語學習成效，可說是極有效率的學習方式。

具體而言，只要在筆記本畫上三條線，即可輕鬆達到以下列舉的效果：

- 能用英語為外國人指引道路方位。
- 能有效率地複習遺忘已久的中學文法。
- 出國旅行不再因為英語而困擾。
- 能用英語自我介紹、聊聊自己的興趣。
- 妥善運用英語會話補習班，使自己能自然脫口說英語。
- 能確切地掌握教材內容，不會學到一半就感到挫折。
- 透過職場上的英語，集中強化自己所從事產業的英語能力。

- TOEIC之類的認證考試成績越來越進步。

- 閱讀及聽寫能力一步步向上提升。

- 自己想表達的事情，能確切地說出口來。

- 可輕鬆地背下單字和片語。

- 可自行鍛練英聽能力。

- 能確切地掌握及強化自己的弱點。

如何呢？你是不是也開始躍躍欲試了呢？

學好英語要打通「三大經穴」

英語學習方式有百百種。像是「每天只要十分鐘……」、「只要當成背景音樂來聽……」、「一對一的教學課程……」等等，口號多得讓人不知效果真的能有多好。但是，無論哪一種學習方法都無可避免，而且也一定得面對「三大經穴」，卻沒有人提出解決的方法。

「三大經穴？？」

說它是經穴，其實一點也不為過。為英語學習所苦的人，幾乎都是因為不知道「正確的英語學習方法」，不了解該怎麼做才可以有效率地學好英語。假使學習方法錯誤，無論多麼的認真，當然也無法學得好。

正因為如此，所以你才嘗試了百百種的學習方法吧。然而，只要「三大經穴」沒有加以按摩打通，你就很難把英語這門功夫學好。

　　至於「三大經穴」究竟是什麼呢？

　　一　從「自己想用的、想說的英語」開始學起：
　　　　→這麼做，不但能學得開心，而且學得更長久。
　　二　釐清「自己不擅長的部分」：
　　　　→突破自己不擅長的部分，才能使英語能力越來越進步。
　　三　一眼辨別出「需要記住的部分」究竟有哪些：
　　　　→忙到沒時間練習的社會人士，更需要高效率的學習方法。

　　本書所介紹的三條線筆記術，即可以輕鬆地打通以上三大經穴，大大地改變你的英語學習方式。當然，它一點都不難，你只要在筆記本畫上三條線就行了。

在升學補習班發揮極大學習效果的「三條線筆記術」

很抱歉，現在才開始自我介紹。

說了這麼一長串內容的我，是本書的作者——橋本和彥。我從某家大型升學補習班開始起步，現在則掌管了以中小學生為對象的一家升學補習班，專門負責指導學生考進錄取率極低的名校。

拜各位所賜，我們補習班因為擁有不錯的高上榜率，所以雜誌的採訪邀約、教育方面的相關邀稿也開始接踵而來。以我們這種規模的升學補習班而言，可說是相當特殊的例子。

所謂的「三條線筆記術」，其實是我在二十五年以上的教學生涯中，為了促進學生們的學習成效而開發的讀書方法。

引發我研究學習術的契機，在於我心中一個平凡的疑問。我想知道「會讀書的孩子是怎麼讀書的呢？」在我仔細觀察學生們的過程中，終於清楚了解了一個事實。

那就是「學習的方法原本就沒有一定」，「只要能好好地教他們學會記筆記的方法，他們就能學得好」。改變記筆記這一個學習方法，學生們的成績就能慢慢地進步，而這也是我們升學補習班創造「奇蹟」般上榜率的秘密武器。

書出版之後，湧入各方的感謝！

「我又不是小孩子……」

或許你也這麼想，但是，請耐心聽我說下去。

其實我曾經在數年前，將這種記筆記的方式彙整成「三條線筆記術」，而且在兩年前左右，針對孩子們的學習而出版了學習工具書。該書經過再版，並且成為暢銷書，對於眾多孩子們的學習提供了幫助。在此同時，我也收到了許多來自於父母以外的社會人士的電子郵件、電話及信件。

這些湧入的訊息，主要都是令人開心的實踐心得分享。原本專為孩子們所準備的工具書，這些社會人士在閱讀之後，自己設法調整變化，使之應用於提升工作效率、通過困難重重的認證考試。

於是我就以這些內容為基礎，在一年前左右，針對社會人士、上班族而推出新書——《偷看資優生的三條線筆記術》。在這本書裡，公開了我自己應用在學習及工作上的筆記術。而這本書也受到了讀者們的喜愛，成為再版的暢銷書，我也因而收到了許多的電子郵件、電話及信件，這當然也不在話下。

說起來或許有些志得意滿，但是我的筆記術書籍，每一本都有

幾萬名的讀者。而且有相當多的讀者透過電子郵件、電話及信件等方式，直接和我聯絡。

其中有諸多的迴響，表達了他們的驚喜──「我深切感受到，無論是考試用的英語或是實用性的英語，學習方法都一樣」、「我發現，真正正確的學習技巧，可以適用在任何事物上」。沒錯！沒辦法學好考試用英語的人，一樣沒辦法學好實用性的英語。

請各位稍微想想看。

比方來説，假設你現在正在背誦「實用性」的英語，你是怎麼做的呢？請想想看。

我不知道你打算用什麼方法來背誦單字。但是我可以斷定，你一定打算使用「學生時代的方法」來背單字。如果當時的你，沒辦法用那種方法背下來，現在的結果也一定一樣。

換句話説，學生時代沒辦法學好「考試英語」的人，自然也無法學好「實用英語」。況且在出了社會之後，自修的時間當然也沒有學生時代來得多，再加上年歲增長（失禮了!），記憶力也隨之下降。

反過來說，其實只要學會「正確的英語學習方法」，無論是「考試用的英語」、或是「實用性的英語」，全都像低矮的門檻一樣，輕輕鬆鬆就能跨過，並且能讓你真正學會紮實的英語實力。而你需要做的，就是只要在筆記本畫上三條線即可。怎麼樣？夠簡單吧。

量身訂做符合自己需求的英語筆記

　　接下來我並不會要求你「請背下這個單字」，我也不會說「這個片語一樣要記住」之類的話。

　　為什麼呢？因為「實用性的英語」和「考試用的英語」不一樣，每個人的需求目的並不相同，所以「量身訂做」就顯得相當重要了。「實用性的英語」不需要和「考試用的英語」一樣，不用所有人都學相同的東西（「量身訂做」的部分將會在內文中詳細說明）。

　　至於「量身訂做」為什麼重要呢？我可以很明確地說，這是來自於我自己的親身經驗。其實我曾經為了指導海外歸國的學生，而派駐到德國數年的時間。在德國當地，我不僅在日常生活需要用到德語，同時也要到公家機關提交各種申請書，工作上也全都要用到德語。

大學時代的我，因為多少曾經學過德語，所以我懂得基本的文法。只不過在我前往德國之後，對於當地人打來的電話，我竟然連「我不會說德語，請改向總公司聯絡」的話都說不出來。換句話說，我發現一般的學習方式，根本無法表達自己想要表達的事物。

　　相信這種情況也會發生在你的身上。所以，以自己需要具備的能力為主，採取量身訂做的學習方式，這才是通往「實用性英語」的最佳捷徑。

　　當然，如果使用三條線筆記術的話，便能隨心所欲地達到量身訂做的目的。無論是文法或單字，或是準備TOEIC之類的考試，透過量身訂做的筆記來學習，一定能有效地提升學習效率。

　　三條線筆記術不僅是我使用的筆記方式，同時它也成功幫助了許多學生及社會人士，我相信它對你應該有絕對的幫助。總而言之，請開始試試看吧！
　　藉此機會，我相信你一定能大幅改變你的英語學習效率。

橋本和彥

三條線筆記術
——史上最強英語學習法

Chapter **3** 用英語寫日記

Chapter **1**

學好英語，
就要運用三條線筆記術

1 為什麼我的英語老是學不好呢？

　　出了社會之後，再次重拾英語教材的人，我想應該有很多吧。主要的原因，可能出自於充實個人的私領域，例如：「出國旅行的時候，想和當地人聊得更深入」、「想用英語和外國朋友聊天」、「想看沒有字幕的外國DVD影片」等等；也有人是為了現實面的需求，例如工作上需要使用英語，或是為了職務上的晉升，而需要取得TOEIC 八百分以上的成績等等。

　　雖然每個人重拾英語的原因和目的各有不同，但是我經常可以聽到社會人士有以下的反映。

　　「我不知道該怎麼做，才能學會紮實的英語。」
　　「我雖然有參加英語會話補習班，但是卻不能隨心所欲地表達心中想說的話。」
　　「我為了考TOEIC而學英語，可是成績都沒辦法有效提高。」

　　他們共通的問題就是「**我有心要學英語，可是始終沒有達到成效**」。

　　其實原因很簡單。如果只用一句話來回答的話，那就是他們的「學習方式錯了」。換句話說，就是「**沒有正確地學習英語**」、「**不知道正確的英語學習方式**」。

　　對於英語學習有困擾的人，本書將介紹各位只要妥善地運用筆記，即可正確地學好英語的學習方法。

　　而這是我在補習班等教育環境教學二十五年以上所得的經驗，也就是所謂的「正確學習方法」、「讀書技巧」的結晶。

　　想要學好英語的人、苦於英語學習的人，請一定要使用這個善於運用學習方法的我，所介紹的方法——**「三條線筆記術」**。

　　雖然它是專業級的學習方法，但它不需要使用什麼特別的筆記本，更不用價格昂貴的筆記簿。你所需要的，只是文具店、便利商店、三十九元店都有賣的一般筆記本。而這也是人人都能立即著手的學習方法。

　　使用「三條線筆記術」來學習的話，將能讓你的學習效率有前所未有的大躍進。因為你將能很清楚地知道自己該學什麼，所以學習效率就能大幅提升，並且一定能讓你真切地有了「學會」的感受，進而提高你的學習動機。

　　當然，我保證能提升你的英語能力，讓你學會簡單而且又能持之以恆的正確學習技巧。

那麼，接下來就讓我們開始進入下一單元。首先，就從三條線筆記術的用法開始說起。

2 能讓學習發揮最大效果的 「三條線筆記」製作方法

三條線筆記術究竟是什麼呢？

所謂的三條線筆記術，指的是在筆記本畫上三條線，透過劃分學習內容的方式，使你能確實地學會學習內容的一種筆記技巧。

而三條線筆記術基本上是以左右跨頁的方式來使用。

● 最上面一道橫線，用來書寫標題。

● 左邊一道直線。

● 在跨頁的第二頁中間，畫上另一道直線（實際的位置依情況而異）。

在筆記本畫上這三條線，就是「三條線筆記」（請參考本書23頁的內容）。

我在補習班上課的時候，或是解題的時候，都是教導學生採用以下的方式，將學習內容記在筆記本上。

在❶的地方，將上課內容或試題冊所學的內容，寫上「標題」，接著在❷的部分，寫上日期、課本教材或試題冊的頁數。

接著我們就來看看，攤開後的跨頁筆記本上，已經分成了「A欄」、「B欄」、「C欄」，而這三個欄位各要寫些什麼呢？

以上課時所做的數學筆記為例。

「A欄」裡填寫的是上課所學的內容摘要。

「B欄」是上課結束後，從A欄的內容裡，整理出重點，以便用來複習的欄位。

接著「C欄」則是筆算的欄位。

若是試題冊的解題筆記本的話，A欄是用來實際解題的區域，核對答案之後，用紅筆標示圈或叉。B欄則是訂正欄，C欄的記載內容雖然依科目而有所不同，但主要是用來記載應背誦項目、或是相關的應記事項等等。

筆記的方法雖然就這麼簡單，但是我以補習班學生的學習經驗來看，能認真實踐這方法的學生們，後來他們的成績都能持續地進步下去。

為什麼呢？

畫上三條線之後，其實能將跨兩頁的筆記本，劃分出不同的「區域」。A區是「**全貌掌握區**」、B區是「**重點摘要區**」，C區則是「**背誦整合區**」。

人類是一種很有趣的動物。大腦對於訊息的處理，會因為有沒

✎ 這就是三條線筆記！

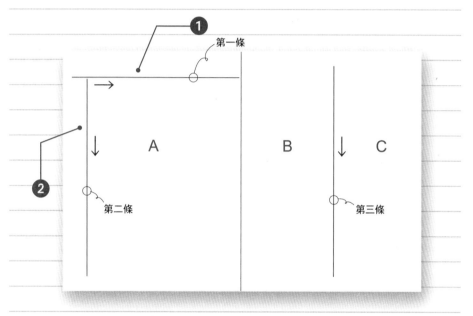

❶ 標題書寫欄

❷ 日期、頁數書寫欄

A… 上課內容摘要，或是當成解答欄使用。

B… 「上課」：整理重點。

　　「試題冊」：針對錯誤部分寫上正確答案。

C… 書寫應背誦的項目、特殊事項。

有意識到「線」的存在，而出現不一樣的整理模式。舉例來說，當我們聽到「好！開始！」的時候，當下的感覺是要從零開始著手某件事，然而當聽到「好！起跑線就位！」的時候，是不是就感覺已經到達某種水準，接下來要往下一個階段前進呢？就像這樣，「線」（Line）能為人帶來特別的意識，我將它稱為「線的魔力」，只要一條線，立刻就能衍生出另一個世界。而三條線筆記術正是利用了人類如此特別的意識。

使用一般筆記方式的學生在解試題冊時，幾乎對完答案就結束了。如此一來，似乎只留下了好像會做、好像又不會做的印象，即使解了問題，卻不具有太大的意義。稍微認真一點的學生，也或許只會把錯的地方、不懂的地方，整理到別的筆記本上。

但是，把必須背下來的東西，重新謄寫到另一本筆記本上，還需要花費一番時間。把自己哪裡錯了、哪裡不明白整理下來，絕不是一件輕鬆的事。況且，花了一番功夫、花了許多時間之後，卻常常忽略了許多真正重要而該「背」、該「理解」的部分。於是就造成了努力歸努力，卻無法收到成效的結果。

然而若使用了三條線筆記術來解題，所有的重點都能整齊地整理在這兩頁的跨頁筆記本中。請看看27頁的圖。

✏ 寫完就算了、流水帳式的筆記本，無法掌握到重點

日後沒辦法複習！
難以理解重點在哪裡！

A欄可以掌握住整體概念，而且能同時了解有哪些部分不懂。

　　B欄把不了解、錯誤的部分（該學的部分）摘要出來。

　　C欄整理正確解題所必備的知識（需要背誦下來的部分）。

　　藉由這種方式來記筆記，自然而然就能整理出自己還不了解什麼？有哪些部分需要了解？哪些該背下來？**無論是平時複習或是考前準備，只要重點式地閱讀B欄和C欄的內容即可**，因而能使學習變得簡單而且有效率。

　　讀書的時候，最重要的其實是先掌握學習內容的整體概念。然後對於整體概念進行「**自我檢測**」，以確知自己已經懂了哪些？還有哪些是不懂的？接著只針對自己應該要記下來的內容「**摘要**」出來，釐清自己有哪些應該要背的部分，這就是讀書應有的流程。

　　而能夠自動地進行自我檢測與摘要的方法，正是三條線筆記術。和你以前記筆記的方式比起來，你覺得是否有所不同呢？從下一章開始，我將針對不同的目的需求來加以說明三條線筆記術。到目前為止，關於提升學習效率的基本筆記方法，你是否已經有所了解了呢？

✏️ 運用「線的魔力」，讓你讀書更有效率

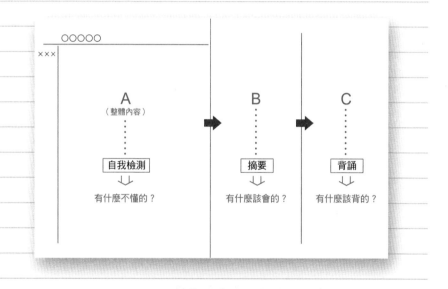

只要看筆記，
該學會的重點就能一清二楚！

這就是三條線筆記術的基本模式

3 只要一本筆記本，隨時想自修或複習都ok，最適合忙碌的上班族

三條線筆記術對於學生或上班族都有幫助，而我尤其推薦給社會人士使用，其實背後還有其他的原因。

閱讀過我先前著作的讀者們，最常提到的一件事就是——「我抽不出整理筆記的時間」。因為工作或各種應酬而忙碌不堪的社會人士，基本上沒有多餘的空閒時間。以現實面來看，除了工作之外，他們已經沒辦法再抽出太多的時間來做其他的事情。

比方來說，有的人可能每個星期上一堂英語會話課，但就因為太忙了，所以沒時間把上課的內容整理成筆記，而且也找不到時間複習。很多人就苦惱於始終學不好上課所教的東西。

此外，在TOEIC之類的認證考試方面，有的人即使把試題冊的問題解答寫在筆記本或記事簿上，但卻只有回答答案而已。仔細追問下去的話，發現很多人都想把錯的地方、該背的單字和用法好好地整理下來、仔細地學好，卻因為始終抽不出時間，所以同一個地方錯了好幾回之後，好不容易才記住。採取如此低效率學習方法的人不在少數。

相信有很多社會人士就像這樣，在不了解「正確英語學習方法」的情況下讀書。這種「上補習班了事」、「做完考題就算

了」的方式，完全無法學到什麼。

　　即使採取自己慣用的方式來做筆記、讀書，有的人卻因為沒有妥善整理，而使得筆記變成單純的記事本，讓費心做出來的筆記無法充分發揮作用。……當這一類的情況發生時，正是「三條線筆記術」登場的時候。

　　三條線筆記術的最大特徵，在於它沒有詳細地將學習內容分類，而是利用了筆記本的兩頁跨頁，將學習內容確實地整理在上面，如此一來，**即可使複習變得很有效率**。利用三條線學習術來學習，自然就能將「不擅長的地方」、「該背下來的部分」，整理在Ｂ欄和Ｃ欄裡。於是「學習筆記本」就直接變成了複習和背誦用的秘笈了。

　　倘若做了一堆「整理筆記」，反而會造成使用上的混亂，而三條線筆記就只要看一本就行了。

　　由此可知，三條線筆記術真的是非常簡單的學習方法。

4 三條線筆記術的三大特色

☑ 〔1〕弱點一目瞭然！學習更有效率！

前面已經提到過，忙碌的社會人士一開始通常是先練習聽力的部分，但卻往往只是左耳聽、右耳出，或是做做試題冊，核對完答案就算了。

其實這種學習方式幾乎不能為自己增長實力。在概略式地學習一遍之後，如果沒有進行「自我檢測」，不知道自己哪裡懂了、哪裡沒有背下來的話，你的弱點將會一直持續地保留下去。從諸多社會人士的學習經驗來看，大部分的人都是流於只學自己會的地方、只背自己已經記住的部分。

舉例而言，自修的時候，每個人都會用粗體字來強調自己不太懂的重點、或是非常重要的部分，所以這些部分應該就能學會吧。但是，如果你想要增加自己的實力，絕對必要的就是針對已知、已懂以外的個人弱點，自己主動發現後，將弱點一一瓦解。在沒有進行「自我檢測」的情況下，自己不太懂的部分永遠也沒辦法發現，導致自己的弱點長期被忽略。如此一來，當然就無法增加你的實力了。

因此，社會人士學習時的重要關鍵，就在於重點式地學會自己不擅長的部分，提高學習的效率。只不過，倘若自己無法確切

地掌握住「弱點」，很可能就有七成以上的學習時間是花在已經了解得很透徹，早就沒有必要再花時間看的部分。而這種學習方式，真的很浪費時間。

但是如果使用三條線筆記術，每一個人學得不好的部分和弱點，便能一目瞭然呈現在眼前。接著只要聚焦於弱點的部分學習即可，是不是很簡單呢！只需要將自動浮現在眼前的弱點，各個擊破，你的實力就能穩紮穩打地往上提升。

☑〔2〕在龐大的英語學習資源中，只挑出自己需要的部分！

社會人士學習英語的目的各有不同。因此就有必要針對自己的需求，「量身訂做」英語學習素材。為什麼呢？因為社會人士所學的英語和考試用的英語不同，它不是針對固定的範圍來出題。換句話說，社會人士有必要先從浩瀚的英語學海之中，決定自己的方向，訂定明確的航路。

然後針對自己航路上所需要的英語，毫無遺漏地學習，這點非常重要。簡單來說，就是**挑出自己必學必用的英語**，然後加以運用這些英語。

此外，每個社會人士的英語實力其實有相當大的差異。有的人聽解功力不佳，有的人不擅長閱讀，還有的人早就把英語忘得一

乾二淨了。既然每個人的弱點和不會的地方不盡相同，需要集中學習的地方當然也就不一樣了。

因此，面對琳瑯滿目的教材、英語資源，或是英語補習班提供的教學內容，社會人士應該「妥善地」進行取捨選擇。簡單來說，「英語學習」必須針對自己的需要而量身訂做。

或許有人認為──「什麼量身訂做英語學習資源？哪有可能啦！」然而在無意識之中，絕大多數的人都採行了量身訂做的方式。舉例來說，「我想重頭學起中學時代的英語文法」、「我想把日常會話的句型背起來」等等，你應該曾經為了自己的需要，選擇了適當的教材或方法來學習，而這就符合了廣義的量身訂做了。接下來還必須進一步量身訂做，從實際所選出的教材之中，深入篩選自己必要的部分，然後徹底學會。如果不量身訂做出「自己必要的部分」，你就需要接觸許許多多的教材，而英語學習之所以會中途挫敗，最大的原因就在於此。

在這種情況下，正是三條線筆記術登場的時候。

假使你已經有了文法的教材，即可利用 A 欄來瀏覽教材的整體概要，而後將自己所必要的部分，摘要於 B 欄之中，把應該要背

✏️ 量身訂做自己的英語筆記

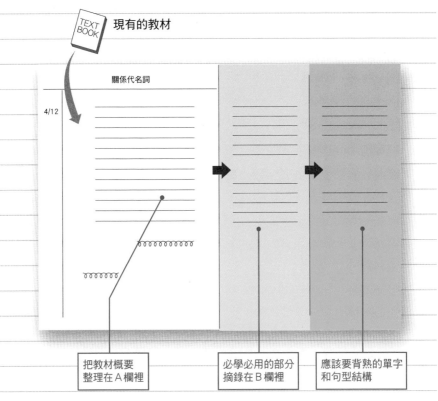

TEXT BOOK　現有的教材

關係代名詞

4/12

把教材概要
整理在 A 欄裡

必學必用的部分
摘錄在 B 欄裡

應該要背熟的單字
和句型結構

慢慢地彙整出
屬於自己的英語筆記！

熟的單字及句型結構，整理在C欄即可。在學習的過程中，時時重複及累積「摘要」的步驟，幾乎就能自動地把「針對自己量身訂做的英語資源」整理在B欄和C欄裡。在以三條線筆記術進行這種「摘要」的過程中，為你自己「量身訂做」的英語學習資源就大功告成了。

☑〔3〕成果顯而易見！提高你的學習動力！

會讓人覺得英語學習挫敗的原因還有一個，那就是進步的感覺微乎其微，使得學習動力越來越低落。若是能持之以恆地學習下去，實力就能一點一滴地建立起來，然而既然沒有「突然之間就能聽懂英語」的奇蹟般體驗，自然就很難真切地感受到自己是否已經擁有一定的程度。

但是在「三條線筆記本」上，清楚地**記載著你的學習歷程**。反復地複習以前的筆記，你就可以具體地了解「以前不懂的部分，現在已經學會了！」藉此清楚地感受到自己已經有所進步。

接下來再一次介紹，「三條線筆記術」為什麼對學習英語有所幫助。

一　即使是忙碌的社會人士，一樣可以輕鬆地做出有用的筆記。

二　釐清自己不熟練的部分。

三　明確知道自己必須要學會的英語，進而有效地學習。

四　方便複習，短時間就能提升成效。

五　效果顯而易見，提高學習動力。

看到這裡，你一定得試試三條線筆記術了。而且三條線筆記術還有一項優點，那就是你只要有筆記本、尺和筆，就能立刻動手開始實行。

另外，我建議使用B5大小的一般筆記本來做「三條線筆記」，而且以厚度較薄的為佳。

首先在封面寫上啟用年月日。熱衷學習的人，通常兩週到一個月的時間就能寫完一本。把寫完的筆記本收好，當需要看的時候，馬上就可以翻閱。如此一來，筆記本越用越多本，不僅能得到成就感，同時也方便複習。當然更能實際體驗到自己的進步、成長。

剛開始做三條線筆記時，Ａ欄可能會有一大片紅字、Ｂ欄則寫了一堆正確的英語表現用法，Ｃ欄也盡是要背的單字，翻閱起來黑壓壓一片的文字或許很多，但是隨著學習的進展，空白所占據的空間將會越來越多，這就代表了你的實力已經確實提升，

是一種可喜可賀的現象。可能有人會認為「空白這麼多，太浪費了」，但是請把三條線筆記想成是「空白美」的筆記。當空白越多，正是你的英語實力越來越好的確切證明。

相對的，如果經過了很久的時間，筆記本上始終是「黑壓壓一片」時，可能是因為試題冊或教材不符合你的程度，這時或許該思考一下，是否該換其他的教材試試。有關於如何依照自己的程度選擇教材，本書將會在後面的章節進一步介紹。

說了這麼多，接下來終於要開始付諸實行了。現在就請先把你的筆記本、尺和筆（原子筆），準備好囉！

Chapter 2

製作「英語話題手冊」，
輕鬆開口說英語！

1 先從製作「自己的英語話題手冊」開始著手

當你想著「我該學學英語了」的時候，最先浮現於腦海中的畫面，是不是自己流暢地說著英語的情景呢？當然，每個人學英語的目的各有不同，有的人可能是為了增進聽力，也可能是為了強化閱讀或提高書寫能力，或者是為了資格考試等。然而英語學習的目的，仍然是以提升口語表達的能力居多。

因此，針對「我想脫口說出英語！」的你，我建議採用三條線筆記術，製作「英語話題手冊」。

所謂的「英語話題手冊」，從字面上意義來看，也就是把你想說的事、想表達的內容，用英語寫在筆記本上。

英語學習始終沒什麼進展的人，通常無法一下子就用英語說出自己想表達的事。想在偶然遇到外國人的情況下，當下立刻脫口說出流暢的英語，其實需要相當高程度的英語實力。

況且每個人想透過英語來表達的事情也各不相同。有的人想學旅行用的英語，有的人希望在工作上用英語和外國人流暢溝通，有的人則渴望結交外國朋友。因此，當目的不同，使用的字彙和表現也隨之不同。

既然如此，**把自己想說的內容、需要說的話**，事先整理成「台詞」，並且記起來、背下來，當需要的時候，再把「台詞」重新

組合之後說出來，這不就好了嗎？而這就是英語話題手冊的基本概念。或許有人會質疑——「什麼？這樣行得通嗎？」放心，真的行！以我到德國工作的經驗來看，我可以保證這一招真的有效。

當時我曾經在以日本中小學生為主的補習班教書，然而剛到德國工作的時候，我幾乎不會說德語。當補習班接到說德語的電話時，往往打斷了正在授課的我，因此讓我感到非常頭痛。但頭痛歸頭痛，事情還是要解決，所以一剛開始我就背下了以下的德語句子。

「我不會說德語，請改撥到總公司去。總公司的電話號碼是○○○，聯絡窗口是××× 。」

有一次有電話打到教室裡來，我把剛背下的句子，用流暢的德語說完，掛上電話後，學生們露出了瞠目結舌的表情，驚訝地問我說：「老師，你的德語是什麼時候學的呢？」上德國高中課程的學生也稱讚我說：「老師的德語發音非常好喔」。

但當時的我，能夠流暢地脫口說出的德語，只有唯一這一句而已（笑）。

「我不會說德語，請改撥到總公司去」。我想應該沒有幾個人需要用到這句德語吧，在一般的德語教材裡，當然也不會有像這樣的例句。然而對於當時的我而言，這可是絕對必要的一句話，所以我才會死命地（笑）把它背下來。後來我用相同的模式，陸續增加新的「台詞」，最後花不到半年的時間，我甚至已經能一個人到公家機關去換新的工作簽證了。

溝通交流的基本原則就是像這樣，先確實地學會**自己所需要的表現句型**，而後就能進展到說與聽了。因此，只要一點一滴地累積可使用的表現句型，慢慢地增加溝通的廣度即可。

進一步來說，用自身的母語說話的時候，每一個人都有他自己的慣用語句或經常使用的表達方式，換言之，每個人說話都有自己的特色。再換個方式來說，這就等於人人有自己專用的字典、專用的表達句型。因此在用英語表達的時候，同樣必須製作出這種「英語表現句型辭典」。想要說出流暢的英語，勢必要增加你能使用的句型和表達的「資料庫」。

把你想說的表現句型、需要說出口的內容，一一列在筆記本上，一個接著一個地背下來，然後配合TPO（Time時間、Place地點、Occasion場合）不斷地使用，這種方法對於想要「脫口說出英語」的人來說，可說是一種絕佳的學習方式。

想要有效率地增加「英語表達資料庫」的話，三條線筆記術所做成的「英語話題手冊」，正是能讓你如虎添翼的工具。

「希望脫口說出英語」的人，請先把自己想說的會話、必須說的話挑選出來，一一製作成英語話題手冊。

2 先用中文寫出自己想說的英語

話不多說，接下來我們就開始製作英語話題手冊吧。

先在一般的筆記本上，用基本模式畫上三條線，接著在Ａ欄（請參閱本書23頁）的部分，**用中文寫出「想說的會話」**。有的人認為學英語就該直接用英語來思考，這種說法我當然知道。然而對於不習慣說英語的人來說，先用自己的母語來思考，也不會干擾自己想說的內容，所以最重要的就是，明確知道自己要說什麼。

話雖如此，我想應該有人即使很想認真地思考「想說的會話」，但是卻始終想不出具體的內容吧。

其實「學了英語卻說不出口」的原因，也包括了「沒有話題」、或是「沒有事先準備該聊些什麼」。

對於盯著Ａ欄看，卻不知該如何是好的讀者，這裡我有一點小小的建議。我想請各位先從日常生活所使用的句子來想想看。試舉以下的情況為例：

- 出國旅行必備的句型。
- 打招呼或自我介紹等情況的固定表現句。
- 工作上，總有一天會用到的英語。
- 住家附近的外籍家庭，早上散步的時候經常碰到，除了打招呼之外，還想試著多聊一點。
- 想像在具有時尚氛圍的咖啡館裡，和坐在隔壁桌的外國旅客聊天。

　　無論什麼情況都可以。稍微加入一點「幻想」也行（笑）。「如果有這種場景出現的話，我想試著聊聊看」等情況，全都可以想像看看。

　　如果你正在上英語會話補習班的話，可以把上一次課堂裡想說卻說不出口的內容，一併列進來。簡單來說，把你想要馬上就用的表現句型、需要使用的句子，用中文先條列出來。

　　將這些「想說的會話」，用中文寫在三條線筆記的Ａ欄上。左邊❷的欄位上（請參閱23頁的內容），分別標上各個表現句的編號，使之一目瞭然。此外，中文句子的下面因為還要寫上英語句型，所以請在各個中文句子之間，保留適當的間隔。

　　需要注意的是，**不要把太多內容塞進一頁裡**。因為之後很可能還要修正或增加英語的部分，所以請多預留一些空間，用來書寫英語，一頁最多就寫五句，或是三句左右也行。

　　這樣子，就完成了中文的「想說的會話」的句子清單。

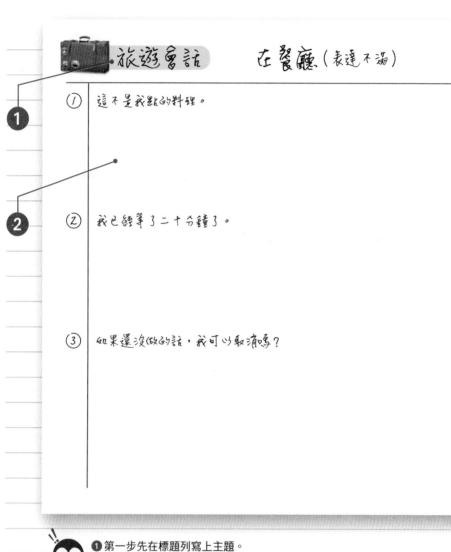

想說的會話清單① 旅遊會話

旅遊會話　　在餐廳（表達不滿）

① 這不是我點的料理。

② 我已經等了二十分鐘了。

③ 如果還沒做的話，我可以取消嗎？

❶

❷

❶ 第一步先在標題列寫上主題。

❷ 先用中文把想說的表現句寫下來。本頁的書寫重點，在於一頁只寫三至五句左右，並且拉開句子之間的間隔。

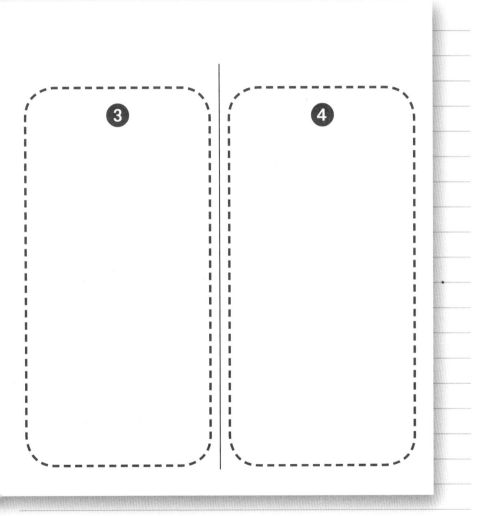

❸ 正確英語的書寫欄。

❹ 應背誦單字及句型的書寫欄。

✐ 想說的會話清單② 職場會話

職場會話　　寒暄、客套

① 非常感謝您昨天的幫忙。

② 很希望能幫上更多的忙。

③ 如果有什麼問題的話，隨時都可以打電話來。

④ 以後還請您多多指教。

❶ 先在標題列寫上主題。寒暄之類的日常用語，歸類成「職場用」或「交友用」均可。

❷ 想像會話的情境，寫出對話時會用到的句子。

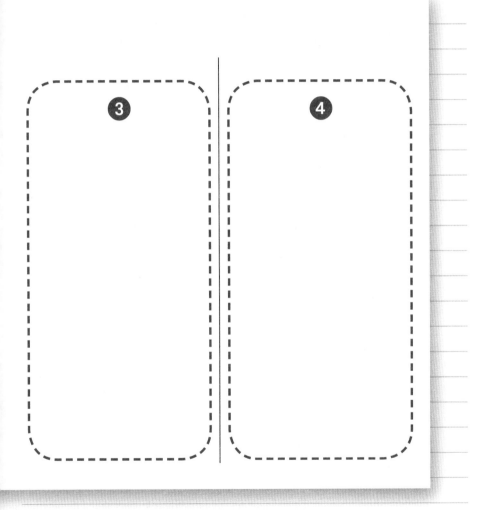

❸ 正確英語的書寫欄。

❹ 應背誦單字及句型的書寫欄。

把當下想到的表現句，依序列在清單上，這種方式雖然也行，但如果能先想像各種場面，依照場面列出句子，整理時會比較容易。例如：「出國旅行在餐廳裡」、「和外國朋友寒暄幾句」、「聊聊自己興趣的表現句」等等。先在欄位❶（請參閱23頁的內容）**寫上主題**，例如「餐廳裡的對話」、「職場會話」、「自我介紹①」等等，如此一來，當日後翻閱筆記本的時候，或是複習、練習都能一目瞭然。

此外，**預設不同的狀況**也是方法之一，例如「在餐廳點餐卻上錯菜色時，該說什麼才好」，把主題寫在❶的標題列，接著思考這種情況需要何種表現句。

先想像當下的情況，接著思考有哪些不同的表現句，例如：「我沒有點這一道菜」→「這是我點的○○嗎？」→「我點的是○○，可是還沒送上來」。

A欄所寫的中文句子，並不需要像「英語作文題」一樣，不是把它直接翻成英語。請把它當成只是將「想用英語說出口的內容」，先用中文列出來而已。

「英語話題手冊」的製作重點

❶ 以跨頁的方式寫一個主題：

　→不同的主題不要混在一起，大方地使用筆記本吧！

❷ 先把「想說」的內容寫在Ａ欄裡：

　→不用考慮英語，只要先用中文寫下自己想說的會話即可。

❸ 想像某種情境，同時設想該情境的發展：

　→如果想不出來要說什麼，就把自己大概能說的一一寫出來。

❹ 一頁書寫三～五句左右：

　→請大方地使用筆記本。先預留多一點空間，以便日後可寫入紅字。

3 即使只用中文寫出想說的會話，一樣可以增進英語能力！

「用中文寫出自己想說的會話」，即使只做了這項動作，其實就已經促進你的英語會話能力。在這之前，你可能只是一心想著「我想用英語溝通」，然而現在你有了具體的方向，你知道「在這種情況下，我想用這些句子來溝通」。

把自己想說的會話，列出清單之後，接著再思考英語該怎麼說，然後把英語寫在中文句子之下。

對於已知的表現句，請陸續把英語寫在筆記本上。需要經過一番思考的句子，或許會讓人覺得簡直就像是英語作文題一樣。只不過，以寒暄客套、自我介紹、職場會話之類的句子而言，通常在各位現有的英語會話教材及參考書上，便可以找到相同的表現句型，所以請先找找看吧。找到類似的表現句型之後，再配合自己的話題，把它稍微修正一下即可。

如果在參考書或教材上，都找不到類似的表現句型的話，則可利用英漢字典查詢相關的單字和表現句型。此外，現今網路功能發達，你還可以利用網路的搜尋網站，查詢到某種程度的內容。只要在搜尋網站上，輸入「〇〇〇（中文） 英語」，或許可以成功地找出你所想要搜尋英語表現句的解說頁面。

簡而言之，用一句話來表達重點的話，其實就是——「不要太拘泥在中文上」。

你所寫出來的中文句子，其實只是把「想用英語表達的心情」寫成文字而已，所以不需要一字一句照著字面的意義，翻譯成英語。只要能找到與你想表達的意思相近的英語表現句子就行了。舉例來說，**就算中文的句子寫得亂七八糟，只要能清楚傳達「我喜歡去動物園」的意思就可以了**！最後，再回頭去修改中文的句子清單也沒關係。

照這種方式持續製作英語話題手冊之後，你將可以養成使用「易於轉換成英語的中文」，寫出「自己想説的會話」。而在這樣不斷地嘗試過程中，對於英語會話來說，當然也是一種很好的練習。

4 追求精確的英語話題手冊

　　到這裡為止，我們已經先大致寫出了一些自己所用得到的英語句子。而這時所寫的英語，可能在之後需要訂正、修改，所以請以間隔一行的方式書寫。在查詢英語的過程中，你認為重要單字及句子文法，則寫在Ｃ欄上。

　　此外，如果有疑問、或是絞盡腦汁都想不出這句英語該怎麼表現的時候，可先在Ｂ欄註記你的疑問，例如：「這句話該怎麼表現比較漂亮呢？」、「動詞時態該怎麼用呢？」、「會不會過於直譯了？」

　　英語話題手冊不是一次就要通通搞定。如果有寫不出來的英語，就先讓不會的英語暫時保留空白也無妨，或是寫上「暫時的句子」也行，也就是暫且先寫上英語句子，疑問則留待日後解決。

　　至於自己寫的英語句子是否適當？這就可以請教英語比較好的朋友，或是詢問以英語為母語的人。如果你有參加英語會話課程的話，則可以試著請教老師，詢問：「Is this OK?」（這個用法正確嗎？）、「Is this common?」（這種用法普遍嗎？）。

　　假使你的身邊沒有這一類的人可以詢問，仍然有其他方法可以求助。最近在網路上，有些網站能提供解惑的幫助。只要你在

這些網站上提出問題，比如說「這句話的英語該怎麼說？」的問題，就會有很多網友回答你的問題。網友的回答雖然未必正確，但你可以聽到許多不同的意見，所以非常值得參考。另外還有英語學習同好所組成的免費互助網頁，以及支付合理費用的翻譯服務網站，這一類的網路資源都可以好好地運用。附帶一提，以我為例，當時我所請教的對象是總公司的德國人。

請教不同的人，他們或許會告訴你「這種用法的意思完全相反」、「用這種表現方式的話，感覺比較好喔」……，如果別人能教你更好的表現型式，那就再好也不過了。接著在 A 欄的英語句裡，加注紅字，在 B 欄寫上你問到的英語句子。另外，你也可以註明「這句雖然也通，但是這一句的表現方式更常使用到」。

如果有學到新的片語或單字，別忘了把它們寫進 C 欄裡。

說到這裡，三條線筆記術做成的英語話題手冊，先暫告一個段落。

用途 在餐廳表達自己的不滿

 旅遊會話 　　在餐廳 (表達不滿)

1

① 這不是我點的料理。

🌸 This is not the dish I ordered.

② 我已經等了二十分鐘了。

🌸 I am waiting for twenty minutes.

→ 've been waiting

③ 如果還沒做的話，我可以取消嗎？

🌸 Can I cancel if it is not ready.

2

(I would like to) (hasn't been made yet)

Point

❶ 寫上主題、內容。

❷ 用紅筆訂正錯誤的內容。

←這句雖然也可以，

This is not what I ordered.
但是這句比較自然

I've been waiting for more
than twenty minutes.

「一直等」的狀態
→是使用現在完成
　進行式

"I'd like"

(I would like的會話表現型式)

I'd like to cancel

if it hasn't been made yet.

it hasn't been made yet
⇒尚未完成
→現在完成的被動式

❸如果知道了更好的表現型式，立刻把它寫下來。

❹句子文法的重點，記在 C 欄裡。

Sample *2* 職場會話

用途 藉由幾句客套話，表現貼心之處

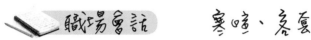

職場會話　　　寒喧、客套

① 非常感謝您昨天的幫忙。
- Thank you for great help yesterday.

② 很希望能幫上更大的忙。
- I wish I could ~~help~~ you ~~enough~~.
  - (have helped)　(more)

③ 如果有什麼問題的話，隨時都可以打電話來。
  - questions
- If you have any ~~quesstion~~, please you call me any time.
  - (don't hesitate)

1

④ 以後還請您多多指教。
- ~~I would like keep in touch with you.~~
  - → I'm looking forward to seeing you new work.

1 不知道該如何表達的部分，先用中文寫下來，待日後知道之後，再用英語寫上。

2 如果有數種表達方式，請一一補上去。

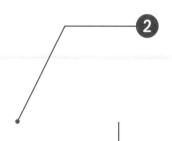

I wish I could have
    helped you more.

I wish I could~
  →很希望能~~

I wish I could have pp
  →如果可以~~的話就好了

If you have any questions,
please don't hesitate to call
me any time.

don't hesitate to 動詞
  →別客氣，請~~
    ★職場上經常使用的表現用法

I'm looking forward to
working with you again.

以後還請您多多指教。
  →改成「期待下次與您一起合作」
    之類的具體表現用法。

❸

❸表現用法的重點提示，也可以做筆記。

此外，「**英語話題手冊**」還需要時時鑽研精進。如果從別人口中問到，或自己有新的發現時，請陸續加在 B 欄裡。透過這種方式，將可以逐步提高你英語用字遣詞的深度及廣度。剛開始的時候，英語的欄位或許空蕩蕩一片，然而當補上的英語越多，心裡也會越開心。而且，在請教他人的過程中，或許還能發現你想嘗試用用看的新說法。

附帶一提，**三條線筆記本，也可以成為你與外國人之間的英語溝通工具**。讓對方看看你的話題手冊，對方便能大致了解你有何種興趣？你想說什麼？

請反過來思考外國人與你的對話。與其是面對一個光會說「嗯哼」，或是死命地想要擠出英語的外國人，不如面對一個了解對方興趣、知道對方想說什麼的人，這樣的相處應該比較輕鬆愉快吧。英語會話的學習過程，如果能成為溝通的契機，相信能帶來正面的幫助。

除此之外，話題手冊在經過日積月累的進化之後，不能光用欣賞來達到自我滿足，而是要練習話題手冊上的表現用法，使自己能用英語流暢地表達出來，這才是重要的一環。當你所練習的英語能達到溝通目的時，你就能真切地感受到自己的進步。

　　利用實際的溝通，不斷地使用話題手冊裡的表現句，這就是使英語進步的捷徑。在溝通的過程中，或許你會反省地想著「如果當時可以說○○的話，那就更好了」，也可能是英語人士給你建議說「改成○○的用法會比較自然」。而這些都可以一一寫進話題手冊裡。如此一來，你的英語表現句就能聚沙成塔，進而讓你更想用英語來溝通。而這一點正是「三條線筆記英語話題手冊」最強之處。

用途 遇到外國人問路的時候可以用

指引道路

① 請直走。
★Go straight

② 走到底後，向右轉。
★走到底後，Turn right

③ 請順著路走。
★Go this road

④ 就在右手邊的位置。
★It's on the right

⑤ 請在第二個紅綠燈向左轉。
★Turn left at the second light

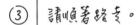

❶ 不知道該如何表達的部分，先用中文寫下來。

❷ 正確的英語寫在 B 欄。

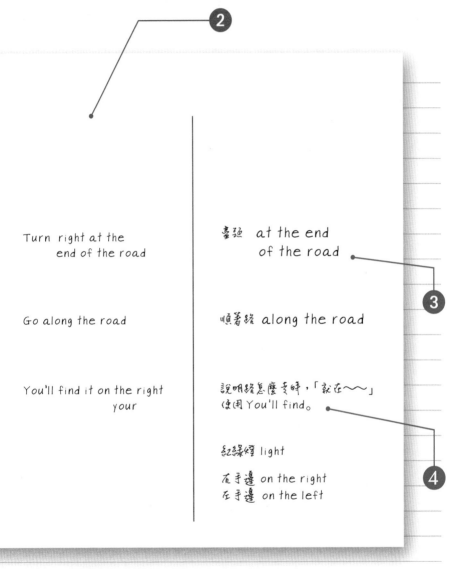

Turn right at the
　　end of the road

臺頭 at the end
　　of the road

Go along the road

順著路 along the road

You'll find it on the right
　　　　your

說明路怎麼走時，「就在～～」
使用 You'll find。

紅綠燈 light

右手邊 on the right
左手邊 on the left

❸ 重要的表現用法、需要進一步查詢的英語，寫在 C 欄。

❹ 表現用法的重點提示也可以做筆記。

用途 與到本地觀光的外國遊客對話

問候　　觀光客

① 你是來東京觀光的嗎？
Are you traveling?

② 你去了東京的哪裡呢？
Where have you been to in Tokyo?

③ 你想吃什麼呢？
What would you like to eat in Japan?

④ 如果你想品嘗壽司的話，可以考慮到築地市場去。
If you would like to eat sushi, you should
go to Tsukiji market.

⑤ 聽說有針對外國觀光客設計的築地旅遊行程。
There might be Tsukiji Market tours for
foreigners.

❶ 對於符合某種情況的英語表現用法，當從別人口中聽到舉例之後，
立即寫在筆記本上，經常更新筆記本內容。

❷ 列出可用的單字、慣用語。

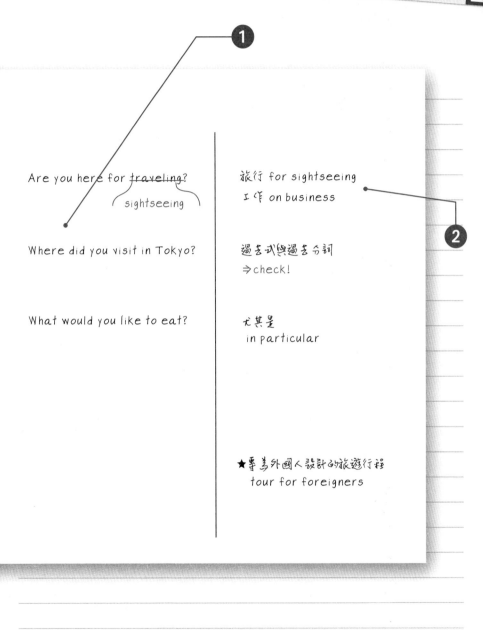

1

Are you here for ~~traveling~~?

sightseeing

Where did you visit in Tokyo?

What would you like to eat?

旅行 for sightseeing

工作 on business

2

過去式與過去分詞
⇒check!

尤其是
in particular

★專為外國人設計的旅遊行程
tour for foreigners

烹調食譜（嗜好）

Sample 5　烹調食譜（嗜好）

用途 用英語説明烹調方式，加強嗜好類的單字

烹調　水煮蛋的作法

① 將鍋子裡的水煮沸。

The water of the pan is boiled.

② 沸騰之後轉為中火。

It makes it to the medium flame when boiling.

③ 將少量的醋滴入熱水中。

A small amount of vinegar is put in there.

④ 輕輕地將蛋放入熱水中。

The eggs is quietly put in the hot water.

❶ 用簡單易懂的插圖，描繪烹調的步驟或貼上作法，使食譜更容易看懂。

❷ 從英語人士的口中，聽到正確的英語用法後，寫在筆記本上。

②

Boil water in a pot.

pan 平底鍋
pot 深鍋

Put the flame on medium
when boiling the water.

使用中火 put the flame
on medium

Pour ⌐a small amount of⌐
   ⌐a little⌐ vinegar in
the water.

gently 輕輕地

Reference : boiling times
三分鐘 Three minutes
蛋黃半熟 Yolk soft-boiled

七分鐘 Seven minutes
一般的水煮蛋 Usual boiled egg

Put the eggs gently
into the boiling water.

十分鐘 Ten minutes
硬熟的水煮蛋 Hard-boiled egg

③

❸ 把形狀不同、名稱也不同的「鍋子」單字，一一列出來。一起背下來
的話，學習效果更佳。對於自己特別想知道的單字，例如蛋的熟度該
怎麼說才好？這些部分一樣可以寫在C欄裡。

用途 聊聊自己的事

自我介紹（興趣）

① 我的興趣是欣賞電影。我尤其喜歡法國的電影。

   I like watching movies.
   Especially I like French movies.

② 它和故事單純的好萊塢電影不同，它的情節雖然複雜，可是非常引人入勝。

   (many of their)

   I like French movies, because ~~the~~ stories are complicated and interesting.

③ 許多電影院在星期三的時候，
   對於女性觀眾推出一千日圓的優惠折扣。
   我經常在星期三工作結束後去看電影。

   In Japan ~~women~~ women can watch movies
   cheaper, ~~only 1000~~ only 1000, by many
   theaters on every Wednesday.
   On Wednesday I often go to see movie
                         after work.

Point ❶ 表現用法有細微的不同點，也要做筆記。

I like movies, especially
French movies.

I like french films because
they are very different
from Hollywood films which
have very simple plots.
Something about them is
enchanting.

（電影的）情節 plot

In Japan, women can go
to see movies for only
1,000 yen every
Wednesday, which is
cheaper than the
normal price. So, I often
go see a movie on
Wednesday after work.

在劇場看電影
to see movie at the
theater

用電視看電影
to watch a movie
on TV.

1

用途 和工作上有往來的外國人對話

自我介紹 （職場）

① 初次見面，我是○○○。
　我在△△公司從事客戶服務的工作。

　Nice to meet you I'm ○○○.
　I'm working as a 客戶服務
　　　　　　　　　at △△ campany.

② 在大學的時候，我主修市場行銷，
　但當時我不是很用功的學生，
　所以請不要問我有關行銷的事。

　In college. I majored Marketing,
　but don't ask me about marketing.

③ 我以後想開咖啡書店，所以最近開始
　學財務方面的知識。

　I would like to run
　a Book cafe in the future,
　so I started to study accounting.

❶ 把自己習慣的語言表達方式，一併寫上去。

❷ 把頭銜、單位之類的相關單字，一一先列出來，要用的時候就方便
　多了。

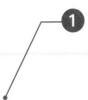

I am working as a Customer
Service Representative
at △△ corporation.

I majored in marketing but
I don't remember anything,
so don't ask me anything
about it.

I'd like to run my own
bookstore cafe in the future,
so I started studying
accounting.

顧客服務
Customer Service
representative

● 單位職位名稱
人事負責人員 HR Representative
主管的秘書 Executive Secretary
公關負責人員 Public Relations
業務人員 Sales Representative
銷售人員 Sales Staff
軟體開發人員 Software Developer
系統管理人員 System Administrator

開始學習 start studying
財務 accounting

用途 在旅遊當地需要求助的時候

問路及其他

① 這個地下鐵有經過●●車站嗎？
~~This~~ subway go~~es~~ to ●● station?
(Does)

② 從這裡步行到●●美術館，需要幾分鐘的時間呢？
How much minute is to the musiam?

③ 聽說這附近有跳蚤市場，不知道是在哪一條街呢？
Where is the free market place?

④ 這個飾品和手鐲，我兩個都要買，
所以算我便宜一點吧。
Please discount.
I will buy 手鐲&飾品

⑤ 請問要怎麼寄國際包裹到日本去呢？
I want to send~~.

❶ 不懂、或寫不出來的單字，總之就先用中文寫出來。

❷「經過車站」這一類難以用英語表達的字句，請好好地註記下來。

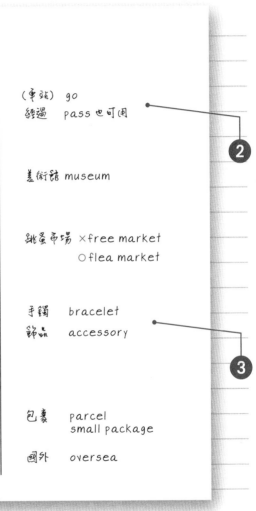

Does this subway
go to ●● station?

How long does it take to get
to the XX museum?

　　→How many minutes
　　的用法也OK，但不常用

Where is the flea market?
Where is the flea market
located?

Could you give me a discount
if I buy the bracelet
and the accessory?

I'd like to send this parcel
overseas.

（車站）go
經過　pass 也可用

2

美術館 museum

跳蚤市場 ×free market
　　　　　○flea market

手鐲　　bracelet
飾品　　accessory

3

包裹　　parcel
　　　　small package

國外　　oversea

❸ 對於寫不出來的單字，在查清楚它的正確拼法之後，寫在 C 欄裡。

5 初學者先從英語會話教材中，選擇自己想使用的表現句型

　　「三條線筆記術英語話題手冊」就如前所述，它有著非常棒的效果，只不過對於以前沒有學過英語會話的讀者，或是沒有與英語人士對話經驗的讀者來說，可能會認定「自己寫英語句型實在太難了」、「我想不到我該説什麼英語句子」。

　　列出「我想說的會話清單」，其實只要能掌握住訣竅，想寫多少就能寫多少，如果不知道英語的表現句型，保留空白也無妨，所以製作英語話題手冊並不是件太困難的事。假使你還是認定它很困難的話，我建議你可以**先從英語教材中，選出自己想說的會話**，將之整理成話題手冊。如此一來，你還能從一開始就先知道正確的英語表現用法，所以也很方便輕鬆。

　　總而言之，把自己想表達的會話，陸續地寫進「英語話題手冊」裡，然後翻譯成英語後，在實際生活中加以運用，這就是最好的英語學習模式。

　　另外，從英語會話教材之中挑選話題的時候，請不要使用兩頁跨頁，而是改採取**單頁三條線筆記**。因為當下你已經知道正確的英語表現句了，所以記筆記的方式就有些許的不同。先在上方畫上一道橫線，接著在左端畫上直線，然後在頁面三分之一的地方，畫上一道橫線（請參閱本書75頁）。

接著，先在①寫上標題，②則寫上編號，然後把中文和英語一組的句型用法，寫在Ａ欄上。單頁三條線筆記術的一頁上，一樣只寫五句以下。底下的Ｂ欄則寫上應背誦的單字、句法，或是表現用法。

首先從英語會話的教材裡，選擇自己真正用得到的句子，然後寫在Ａ欄裡。這也是把英語會話教材，量身訂做成自己專用的客製化過程。至於為什麼要量身訂做呢？接著我就稍微說明一下其中的原因吧。

市面上現有的英語會話教材裡，其實包含了各種不同的表現句，雖然看似有趣，但是卻無法全部背下來。我相信其中一定有你平常難得說出口的句子。

為什麼呢？因為教材是以作者的知識體系為基礎所撰寫而成。而每個人的知識體系不同，所以對你而言，教材上的排列方式未必易看易懂，所以才讓你很難背得下來。

比方來說，即使你常用螢光筆標出「可能會用到」的句子，但是卻可能忘了它在哪一頁。而這就是寫教材的作者和你的知識體系不同的緣故。對作者而言，Ａ的表現用法和Ｂ的表現用法，分別位在某個分類，但是對你來說，Ａ和Ｂ卻可能位在別的分類，所以你就不會知道它究竟位在何處，連帶讓你不容易背起來。

因此，你就有必要把教材上的句子，像會話表現用法一樣，利用各種不同的觀點來排列、編輯，進行取捨選擇、重新編排，使它吻合你的思考模式，這樣能使你更容易背下來、更方便學會，而這就是為什麼要量身訂做的最大原因。也因為如此，三條線筆記術能發揮極大的作用。

　　另外，當有疑問待解決、或需要補充相似的表現用法時，亦可採取一般的三條線筆記術（跨頁式，請參閱本書23頁）型式。先在Ａ欄寫上英語表現用法的清單，Ｂ欄寫上待解疑問或補充資訊，Ｃ欄寫上應背誦的單字、句型及文法等。在實際生活中運用看看、或是讓英語人士看看，當別人對你建議說：「這種表現方式比較常用」時，再把它寫進Ｂ欄裡。

✎ 單頁三條線筆記

① 標題

① ｜ 中文 ──────────

英語 ──────────

② 編號

A

B

A… 從英語會話教材裡，把一組中文和英語的表現句型，

——寫上去。

B… 書寫應背誦的單字和文法、句型。

6 準備略帶故事情節的正式「會話題材」

　　剛開始的時候，通常先從短的表現句型來製作話題手冊。因為最重要的就是——**對於自己的意思及感情，學會以何種表現句，傳達給對方知道；對於自身的訊息，學會使用哪些表達語句，使對方能夠了解。**

　　然而在這個最初學習語言的階段裡，與其說是用英語「會話」，不如說比較接近「資訊交換」的型態。以會話來說，對於對方的提問，並不是單用一句話回答，有時候也會使用句子雖短，但卻略有故事情節的方式陳述。請試著說說看，你會發現彼此是用交流「故事（話題）」的方式溝通。因此，當你熟練之後，請再嘗試挑戰製作正式的「話題手冊」，使自己能夠說出某種長度的句子。

　　試舉以下的例子來看。
　　當別人問你：「週末是怎麼過的？」你應該不是單單回答「我去看了天空樹」就結束了，而是像以下的例句，另外再加上一點小插曲來說明。

　　「我去看了興建中的天空樹，它大得嚇人，形狀也很奇特。而且有許多觀光客也去了，人擠人，出乎我的意料之外。」

　　你覺得如何呢？這樣的句子是不是更接近你想像中的「英語會話」呢！

　　能夠累積越多這種型態的「英語會話題材」，其實正是輕鬆脫口說出英語的最大關鍵點。

　　以現階段的英語能力而言，剛剛所舉的會話內容，可能無法流暢地脫口而出。也因此才需要先想出一些日常用得到的「會話題材」，像是「興趣」、「工作狀況」、「最近關心的事情」，甚至是針對外國人的喜好，例如外國人有興趣的「秋葉原情報」、「在地風俗習慣」等等，將之設定為會話的題材，先用中文整理出自己想表達的內容之後，再翻譯成英語。

　　剛開始或許寫不了幾個英文字，但是請妥善地利用參考書來查詢相關資訊，或是善用英語人士、網路等資源。另外，你可以先試著説説看你的「半成品」會話話題，説不定藉此也能得到對方的糾正。如果對方是英語人士的話，一定能讓你獲益匪淺。

用途 聊聊感想及小常識

天空樹

① 我去看了天空樹。
它大得驚人，形狀也很奇特。
而且有許多觀光客也去了，人擠人，出乎我的意料
之外。

I went to see the "Sky Tree".

I was surprised the Tree is very big

and strange form.

Many ~~sightseeing~~ people are crowded at
there.

② 雖然它還在興建中，
可是據說完成之後會是全世界最高的建築物。
而它現在的高度已經越超東京鐵塔了。

It is 興建中 but it will be the tallest tower in
the world.

It is ⌐taller than⌐Tokyo tower.
　　⌐already　　⌐the

I went to see the "Sky Tree."
I was surprised that it was
so big and that the shape
was unusual.

There were so many people
there!

～和～讓我很吃驚
be surprised that ~ and that ~

奇特、罕見
unusual

It is still under construction,
but it will be the tallest
tower in the world. It is
already taller than the
Tokyo tower.

興建中 under construction

已經 already

用途 聊聊感想及小常識

愛好的事物、喜歡的場所

① 我喜歡散步，週末的時候，我總是到不同的街道去走走。
最近經常去的是根津・千馱木。
這裡的商店街以古早味的氣氛聞名，彷彿搭乘了時空膠囊，
回到了昭和40年代（1960年代後半～70年代初）。

② 另一方面，小巷裡的古早商店，
有越來越多改建成新穎的雜貨店、骨董店、咖啡館等等。
處處可見新興舊的交會，
而這就是這裡吸引人的地方。

① I like walking around, so on weekend
I always take a walk around many different towns.

② Recently I often go to Nezu and Sendagi for a walk.
This area is known as old town. (Japanese) Old houses
and shops remain. Many Japanese feel like back it time
to Showa (in the late 1960's~in the early 1970's),
in this area.
On the other hand, there are many ("new" places), like cool "zakka"
shops selling goods for~~~~

I enjoy taking walks on the weekend. Each week I go to a different town and walk around.

Recently I often go to Nezu and Sendagi. These are older areas, known for their traditional style Japanese homes and shops.

Many Japanese people feel like they are going back in time to the Showa period (late 1960s-early 1970s) when they visit these areas.

散步 take a walk
隨處走走 walk around
經常~ often

be known for~ = 以~聞名

go back in time to~
「搭乘時空膠囊，回到了~時代」

1960 年代後半
late 1960s

1970 年代前半
early 1970s

7 在英語會話課堂裡 「三條線筆記術」也能活用！

對於現在有上英語會話課程的讀者，我尤其希望各位能妥善地運用三條線筆記術所做成的話題手冊。去英語補習班有一項好處，那就是可以請課堂上的英語老師，幫你檢查你想表達的表現句法是否正確。

除此之外，在英語會話課堂上，活用三條線筆記術還有其他令人欣喜的效果。它能使你的英語會話課，比以前更有效地靈活運用，帶來更好的上課效果。

有不少進修英語會話課程的人會覺得——**「上課雖然有收獲，可是總是覺得學不好」**。而其原因就在於，費心學到的英語表現用句，沒有經過妥善整理與複習。換句話説，他們沒有充分地利用上課的功能。然而如果能把三條線筆記術的英語話題手冊，引進會話課裡，那麼你的學習成效就能往上直線攀升。

以上課所學到的句子為例，有些是你特別想用的，或是可能有機會用到的，這時你就可以把這些表現句型選出來，製作成自己專用的英語話題手冊。

此外，對忙碌的社會人士來說，將英語會話課的筆記與話題手冊合而為一，這也是一記「聰明的筆記術」。

　　Ａ欄用來當成上課中的筆記，Ｂ欄是從Ａ欄之中，只摘取出需要背下來的表現句型，如果有需要補充的疑問部分，也是先記在Ｂ欄裡。而Ｃ欄整理的是應背下來的重要單字、文法和句型。

　　上完課之後，趁著記憶猶新，趕緊整理Ｂ欄和Ｃ欄，這樣便可以在當天達到複習的效果。另外，因為疑問的部分也很明確，所以在下次上課的時候，需要立刻請教老師、和老師確認的部分，也可以清清楚楚從筆記本上看到。

　　接著，在下一個跨頁上，整理下次上課自己所想要說的話題題材。先用中文在Ａ欄寫出想說的內容，然後盡量用自己的方式寫上英語句子。然後在課堂上實際說說看，並把老師指導訂正的正確英語，和「這句比較常用」等特別需要註記的事項，一併寫在Ｂ欄裡。如果在大家上課時不方便發問的話，可以在上課前後的空檔時間裡，請老師過目。

　　如果你是一對一個別的英語課程，上課的時候應該就可以很自由地發問。一開始先請教老師你所準備的表現句型，得到更好的英語用法之後，即可當成你的會話題材庫了。

　　以這種方式積極地製造出英語會話題材，老師也能藉此了解你的情況，知道「這個學生大概對這一類的話題有興趣」，或許老

師就會配合你來準備主題會話，使得課堂內容更加充實。最後，你可以再將上課前所準備的英語會話題材，和課堂中所學到的新表現句型，一併整理在三條線筆記本上。如此一來，上完一堂課後，應該就能整理出相當多的英語會話題材了。

英語會話課的學費絕不便宜，透過三條線筆記術，你可以更加善用英語會話課，這樣是不是能讓會話課得到更多的效果呢？

利用三條線筆記術，善用英語會話課

➊ 上課所學的句型表現，直接寫到「話題手冊」上。

→選擇自己想要使用的英語句型、可能有機會使用
的表現句子，製作成話題手冊。

➋ 把三條線筆記當成上課筆記來靈活運用。

→Ａ欄當成課堂筆記使用，Ｂ欄記下問題點或待解
答的部分，Ｃ欄則彙整應背誦的單字及句型。

➌ 「話題手冊」可以直接成為你與老師之間的話題。

→請老師指正自己所寫的英語，不但可以了解正確
的英語用法，而且也藉此搭起溝通的橋樑。

Chapter 3

用英語寫日記

1 提高英語日記的學習效果

你有寫日記的習慣嗎？

我想應該有人每天非得在筆記本上，寫上滿滿一頁的日記才行；而也有人在想到的時候，才隨興地寫上一、兩行的吧！

對於我們所熟悉的日記，如果能結合三條線筆記術，將能大大地提升自己的英語實力。

當然，日記有不同的需求目的，所以沒有必要把所有的內容都做成三條線筆記，也沒有必要全部都用英語寫出來。但如果能把一天所發生的事，整理成幾行文字，然後再用英語寫出來，這也是相當有趣的事。

說到用英語寫日記，或許有人會覺得——寫日記比英語話題手冊還難，「根本不知道要寫什麼」。其實英語日記只要針對**當天發生的事、當天想到的事**，把它用中文先寫下來，接著再用英語來書寫就可以了。所以倒不如說，它比需要挑選「實際要使用的表現句型」的話題手冊來得簡單。

還不習慣寫英語的人，只寫「**一行英語日記**」也無所謂，總之，請從當天所發生的事情開始寫起。倘若無法立即用英語寫的話，請先用中文寫一行。

以日本極受歡迎的「推特（Twitter）」為例，它是利用一四〇字

以內的文字，透過網路服務，就像自言自語一樣，將自己所想的事、所碰到的事，發表在網路上。剛開始寫日記的時候，就算是採取像推特一樣的「自言自語」方式，其實也就足夠了。

此外，用在英語日記上的三條線筆記術，基本上是使用**單頁型式**。頁面的左邊畫上直線，上方畫橫線，距離下端三分之一的位置，再畫上一道橫線（請參考本書90頁）。

❶是標題列，❷是日期欄，A欄是用來寫中文短句和英文，而B欄則是書寫重要單字及句型的區塊。

單頁三條線筆記的格式完成後，先在A欄寫上中文句子，然後再將中文翻譯成英語。

例如：「今天雖然放晴了，可是風吹起來感覺很冷。」
　　　「進入梅雨季了，雖然很悶熱，可是卻沒下雨。」
雖然只寫一行有關天氣的事，但是這樣就行了。
「午餐的時候，我在很受歡迎的西餐店吃了蛋包飯，真好吃！」
「公司做的健康檢查，我被要求減重了。就從今天開始減肥吧。」
像上述生活中發生的瑣事也可以。

英語日記的筆記型式

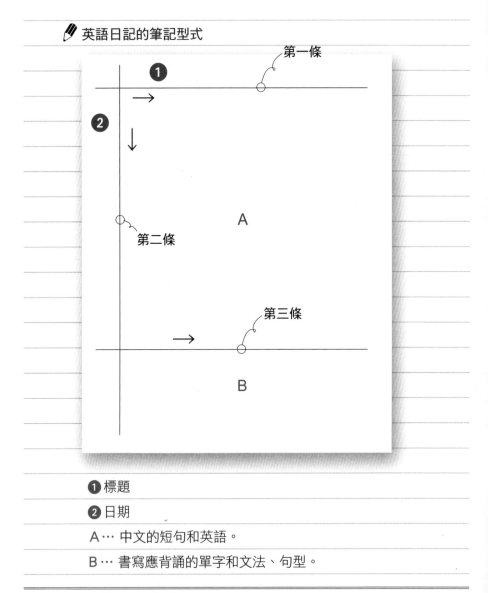

① 標題

② 日期

A… 中文的短句和英語。

B… 書寫應背誦的單字和文法、句型。

中文的內容寫好之後，再把它翻成英語。和話題手冊一樣，中文只是用來註記「想用英語表達的內容」，不需要完全照字面把它翻譯成英語。只要能用英語表現出「大致上相同」的意境就可以了。

熟悉之後，便可以直接用英語書寫，而不需要寫中文了。如果是一、兩行的簡短日記，直接用英語寫的話，或許你會意外地發現，其實你寫得出來。

另外，遇到不懂的表現句型，可先利用字典或網路查詢一下。寫日記最重要就是每天養成書寫英語的習慣，不需要太拘泥在自己寫的英語是不是完全正確，只要意思通就行了。

接著在下面的Ｂ欄裡，寫上你所查詢的單字、或是「這種說法會不會有點直譯？」的注意事項、待解決的問題點等等。

✐ 自言自語式的日記範例 1

日記

May, 1	時隔十天，今天難得放晴了，可是風很大、很冷。 It was fine 時隔十天 but windy and cold.
May, 2	做了公司的健康檢查，我竟被告知「體脂肪過高」。有得 代謝症候群的危險。一定得從今天開始減肥了。 I had a medical check today. The doctor told me that my 體脂肪率 is high. I'm in danger of 代謝症候群 I need to go on a diet.

時隔十天 = for the first time in 10 days
風很大 = windy

健康檢查 = a medical checkup
代謝症候群 = a metabolic syndorome
減肥 = go on a diet
　　　　※diet 的原意是減少飲食攝取

自言自語式的日記範例 2

日記

May, 1	美味的蛋包飯

I went to ABC restarant after a meeting
with XYZ company. I ate ome-rice.
It was so good that I feel happy!

下午的工作進度特別神速。 ————● **1**

蛋包飯→ omelet+rice
工作有進展 = make good progress ————● **2**

---

1 句子的部分，如果有英文不會寫的地方，可先用中文寫下來。

2 特別在意的單字、或是自己認為有趣的部分，全都可以記下來。

2 寫日記持之以恆的秘訣

　　寫日記最重要的就是每天持之以恆。與其在意英語寫得正確與否，不如用「今天也接觸英語了」、「我查了一個生字」的心情來寫，這才是持之以恆的秘訣。日記不是寫來給別人看的，所以只要放輕鬆地寫就行了。

　　一開始的時候，只寫一行英語也行，但就算是一般的筆記本，一頁只寫一行英語的話，未免也太浪費了。所以可以改用版面較小的A5規格或B6規格的筆記本，或者更小一點的筆記本。還有，使用起來開心也很重要，所以不妨挑選自己喜歡的封面，像是可愛的或新穎的筆記本。

　　另外，如果英語只有一、兩行左右，就像「自言自語日記」的話，一頁寫數天的內容也無妨，雖然這樣有點偏離了三條線筆記原本的型式，但也沒關係。

　　或者是可以採取「日期／英語的自言自語／應背誦的單字和表現句型」為一組的格式，一組一組地往下寫。

　　或者你也可以發揮創意，以設定主題的方式來寫英語日記。例如，把日記兼做減肥日誌，針對體重與吃的東西、走路的步數、時間等等，寫成「英語減肥日記」。總而言之，寫日記最重要的目的，就是讓自己能輕鬆地接觸英語，因此，請找出自己喜歡的

主題，快樂且持之以恆地寫下去。

✎ 英語日記的筆記型式

減肥日記

June 14	53kg 目標/日/萬步 I walked 5000 steps today. [breakfast] <u>1 toast</u>, 1 banana, milk [lunch] Gyu-don [dinner] soup, curry-rice
June 15	53kg I walked around my house for 30 minutes. [breakfast] nothing [lunch] 定食 [dinner] ramen & sea <u>food fried rice</u>

慢跑　jog
牛丼　beef bowl
定食　？
吐司一片　a slice of toast
海鮮炒飯　fried rice with sea food

減肥日記

| June 16 | 53.4kg 绷紧時了點
I had 加班 I didn't walk so much today...
[breakfast] toast milk
[lunch] sushi
[dinner] Italian |
| June 17 | 53.1kg 绷紧回到原来的水準····哗～鬆了一口氣！
I went walking outside at night.
[breakfast] rice with natto
[lunch] soba
[dinner] 鹽烤秋刀魚 |

加班　work overtime
　　　※overwork　工作過度

散壽司飯　?

秋刀魚　sword fish

鹽烤　grilled with salt

3 熟練之後，開始寫內容較長的日記

　　寫了「自言自語式的英語日記」，想寫的事情也越來越多之後，接著再來挑戰寫稍微長一點的日記。這時使用的筆記本，我建議還是使用可以寫比較多內容的B5筆記本。

　　在寫內容較長的日記時，我建議**先用中文書寫簡單的內容**。用中文書寫的方式，不但便於整理成英語，而且日後回頭複習的時候，還可以馬上掌握內容，並且清楚看出自己的進步。

　　長篇日記的重點和自言自語式日記一樣，**不需要勉強擠出英語**。沒有十足把握的部分，標上「？」也無妨，不懂的地方也可以直接用中文寫出「想要表達的內容」。如果有機會的話，問問英語人士、或是利用網路查詢也不錯。然後把知道的英語，再補充在日記上面。

　　此外，Ｂ欄的部分，不只是寫上重要單字、句型之類的實際出現在文章裡的內容，如果能一併查詢、補充其他**相關單字**的話，將能使日記內容更加充實豐富。實際的具體日記寫法參考如下。

欣賞電影

○月 我看了電影《○○○○》。
×日 裡面有許多充滿個性的又吸引人的角色，非常有張。

I have seen a movie "○○○○".
It is about two different love stories of
Japanese and Taiwanese in different eras.
One is present and the other is 60 years ago.
There are many funny and likeable
characters in the side stories.
I like the sidestories more than main story.

〔單字〕
討喜的 likeable
登場角色 character

〔其他的電影相關單字〕
polt=story
參與○○的演出 appear in○○
影城 multiplex
台詞 line
主演 be starring

1

Point ❶ 除了不懂的單字之外，把其他的相關單字一起寫上去，要用的時候就方便多了。

　　剛開始的階段，説不定只能把單字一一列上去而已。然而隨著熟練之後，你或許會開始想寫不一樣的詞句，例如：「是○○，也是○○」、「如果○○的話，該有多好啊」。當你有這種想法時，那就太好了。因為這代表透過寫英語日記的方式，你的英語實力已經越來越進步。

　　日常生活當中印象深刻的事情，當然可以寫進日記裡。例如：「朋友找我去看電影《魔境夢遊（Alice In Wonderland）》，強尼·戴普（Johnny Depp）可真是有趣」。

　　或是利用英語來書寫工作上的牢騷，或許還能抒解壓力（笑）。例如：「工作的交期突然提早，就算現在做也來不及了，怎麼辦？」、「○○經理只出一張嘴，根本就不會扛起責任，他真是最典型的討人厭上司」。

造訪淺草

○月
×日

下班之後，我到淺草附近走走。
不經意地拍下了投射燈所照射的建築物，
原來是松屋百貨淺草店。
不料，這一天是屋頂遊樂園閉園的日子。
學生時代，我曾經在淺草打工過，
也是那時去過松屋的屋頂遊樂園。
真想去一次看看啊！

I took a walk around Asakusa after work.
While walking I found a building lighten up was
Matsuya department. The amusement park on
top of Matsuya was closed on the day.
I wish I could go.

〔單字〕

投射 illuminated

不料 也可以使用 What a surprise 嗎？

我真想去看看 I wish I could~（假定形）

屋頂遊樂園 an amusement park on top

❶將可用的表現方式、用法，一一列上去。

購物

○月
×日

因為梅雨的關係，接連都是悶熱的天氣。
早上搭通勤電車的時候，一位穿著極清爽水藍色開襟針織衫的女人，吸引了我的目光。在這樣陰鬱的季節裡，真該穿上色彩清爽的衣服，讓心情好起來……這下子讓我好想買開襟針織衫。於是下班之後，我去百貨公司買了棉麻材質的開襟針織衫和白色棉質襯衫。真開心。
這下子就不必擔心夏天時的冷氣房太冷了。

Nowadays, it's raining a lot...I don't like this season. I saw a woman wearing a nice 開襟針織衫 in the 通勤電車.
I thought it is nice to wear clothing with such a beautiful color in this 陰鬱 season. I want to buy it!
So I went to a department store and bought cotton 開襟針織衫 and white shirt. I am happy!
這下子就不必擔心夏天時的冷氣房太冷了。

梅雨 rainy season
悶熱 humid
通勤電車 commuter train
開襟針織衫 cardigan
陰鬱 annoying uncomfortable

※好像還有很多種，語感的判斷真困難。

Point
❶難拼而寫不出來的單字，也一併寫上去。

4 結合英語日記和剪貼簿，學習英語更有趣！

　　想讓英語日記寫得更有趣的人，接下來不妨試著製作「英語日記剪貼簿」。一天使用一個跨頁，左頁寫長篇的英語日記，右頁則用來畫上與內容有關的**插圖**，或是把**照片**、網路上所看到的**相關情報**，一一黏貼在筆記本上。

　　當天看完電影後，左頁就可以用英語寫上電影觀後心得及單字，右頁則貼上票根、電影海報，寫上演員、工作人員的名字。或是可以用數位相機拍下電影院，列印或洗出照片後，再貼上。

　　另外，有關該電影的英語報導、或是官方網站的介紹，都可以印下來之後貼上，如此一來，對於日後當成「會話題材」應該有很大的幫助。

　　以這種方式製作「英語日記剪貼簿」，與其說它是專為學習英語而製作，不如把它視為快樂的記事本，享受其中的樂趣，並且持續做下去。

　　左頁的部分需要你認真地寫上英語，整理應背誦的單字和句型，右頁的部分你可以放大膽地玩。當空間不夠的時候，重要單字和句型也可以整理在右頁。

✐ 英語日記剪貼簿的作法

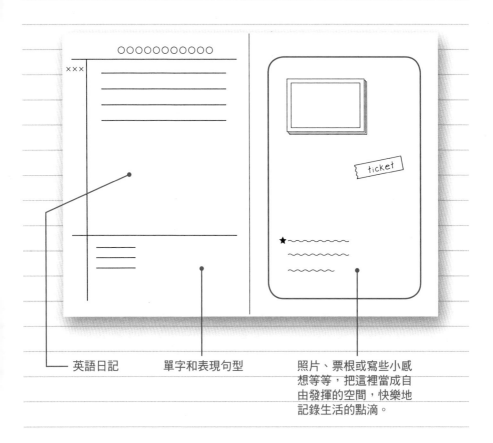

英語日記　　　單字和表現句型　　　照片、票根或寫些小感
想等等，把這裡當成自
由發揮的空間，快樂地
記錄生活的點滴。

另外，還可以針對某個主題，製作、書寫不同的「英語日記剪貼簿」。

以「英語減肥日記」為例，日記上就是用英語記載每天所吃的東西，以及透過運動等方式為減肥所做的努力和體重的變化。右頁則可以貼上和減肥相關的資訊。當減肥成功之時，英語實力也同時提升了，可真是一舉兩得！你何不也朝著這個目標試試看呢？

假使你喜歡下廚的話，可以把每天烹調的料理以及完成的菜色，用英語和照片記錄成「英語料理日記」；如果你整天忙著照顧孩子的話，也可以把孩子的成長過程、每天所做的事情，寫成「英語育兒日記」等等。

另外還可以想想其他主題的「英語剪貼簿筆記」，用來記錄自己的興趣，而不需要每天書寫。例如到國外或在國內旅行時的「旅遊筆記」；趁著假日到喜歡的街道走走逛逛的「散步筆記」；喜歡看電影的人，則可製作「電影欣賞筆記」；另外還有「購物筆記」等等，製作自己喜歡的筆記，也是樂事一樁。

無論哪一種筆記，如果你想要貼多一點資料的話，最好選擇比

一般筆記本大，而且紙質比較厚的筆記本。另外再選擇色彩豐富的鋼珠筆、螢光筆、色鉛筆、紙膠帶等文具用品，這樣就可以把寫日記變成一件快樂又有趣的事。

和專為學習英語而製作的筆記相較之外，你是不是越來越想要單純地製作這一類的筆記呢？

日記和剪貼簿的優點，就在於製作過程能帶給你無窮的樂趣。而且筆記本上所累積的**英語表現句型**，也正是你在日常生活當中所使用的句子。

專為自己量身訂做且需要背誦下來的表現句型、單字、文法，只要翻開筆記本，馬上就能一清二楚。

週末の旅行

○月
×日

星期五的晚上到週末期間，我搭乘夜班公車，
前往靜岡縣的○○動物園。
我要看的動物是北極熊露西，
牠真是可愛極了。
我也喜歡××花鳥園的貓頭鷹十三，
所以我打算再去一次。

On Friday I took a midnight bus to Shizuoka
to visit ○○ zoo.
I have a special interest in their polar bear,
Rossie. He was very cute!
I also want to see Juzo, an owl that I like
who is living in XX Kacho-en.
So I am planning to visit there.

夜班公車 midnight bus
注目（在意、喜歡）
　　I have a special interest in ~
北極熊 a polar bear
貓頭鷹 an owl

1

❶ 熟練之後，只用英語寫日記也可以。

❷ 把照片、插圖等資料，盡量貼在右頁，讓日記看起來更有趣。

2

欣賞現場表演

○月
×日

昨天晚上我去看了喜歡的搖滾樂團現場表演。
我很驚訝有這麼多的外國客人。
更讓人吃驚的是，吉他手竟然是「怪怪的外國人」
馬弟‧弗里德曼 (Marty Friedman)。

Last night I saw my favorite rock group
in concert. I was very surprised that
there were so many foreigners there.
One thing that I was surprised about was
that the guitarist on stage was Marty
Friedman! Marty is living in Tokyo now
and is known as a "strange foreigner,"
but at one time he was the guitarist
for Megadeath.

現場表演 用 live 可以嗎？或 concert？
觀眾 audience
以前、從前 at one time

❶ 右頁黏貼照片、票根之類的資料。

❷ 如果能在照片旁邊加上手寫的注解，感覺更好。

1

It was
good stadium.

2

加拿大旅遊日記①

May 3	距達多倫多了。今天到街上走走。 和東京相較之下，這裡人少，而且又安靜。 路邊攤的熱狗真是可口！ I'm in Toronto today. I walked around downtown. Not so many people and quieter than Tokyo. The 路邊攤's hotdog was delicious!
May 4	搭車到尼加拉瀑布去。 距達公車站之後，立刻聽到震耳欲聾的瀑布聲。 接著搭船到瀑布附近。全身雖然淋得像落湯雞一樣， 但是裏馭力百分百，真是太過癮了！ I went to Niagara falls by bus. I heard the sound of falls at the bus stop. Then I ride on the ship (Maid of the Mist). I got wet but it was great!!

距達 arrival
路邊攤 stand
全身濕透 get wet

Point ❶ 不會寫的英文單字，先用中文寫下來。等待查明後，
再寫在 B 欄裡。

加拿大四天五夜旅遊日記②

May5　搭乘飛機前往溫哥華。
　　　　我想去洛磯山脈！

　　　I took an airplane to Vancouver.
　　　I'm looking forward to seeing the Rocky Mountains.

May6　前往班夫。洛磯山脈就在眼前！鹿群在路上漫步。在大自然的環繞之下，光是走走就讓人覺得心曠神怡。我在餐廳吃了薄煎餅。楓糖漿真好吃！

　　　In Banff. I saw the Rocky Mt. in front of me!
　　　Deer was walking on the road. Walking in this
　　　nature is so comfortable. I ate pancakes at a
　　　restaurant. The maple 糖漿 is delicious!

May7　我挑戰了泛舟。感覺好像會死在激流裡，但是它的刺激指數百分百，真是太棒了。

　　　I tried rafting. It was challenging, but thrilling!!

❶

　　在餐廳 at a restaurant　　　　鹿 deer
　　楓糖漿 maple syrup　　　　　　※複數形也一樣
　　河流 flow of the river
　　驚險刺激 thirilling

　　❶查字典後，覺得需要注意的部分，一樣可以做筆記。

Deer

利用三條線筆記術
英語實力再進化

1 三條線筆記術的實力提升學習法

利用三條線筆記所得到的英語學習樂趣與效果，你應該有了實際的體驗吧！

不過，三條線筆記能發揮威力的地方，可不僅僅只有英語話題手冊和英語日記而已喔！它其實還可以應用在各種不同領域的英語學習上。舉例來說，對提升聽力能力有很大幫助的「聽寫訓練」，以及TOEIC、英檢之類的資格檢定考試，不妨也運用三條線筆記術，來達到你的學習目的吧！

什麼是聽寫訓練？
　聆聽英語的發音，將聽到的內容寫下來的一種語言能力訓練。

2 〔三條線筆記活用術①〕 英語聽寫筆記

　　聆聽英語發音時，把聽到的內容寫下來的聽寫訓練，雖然很花費心力與時間，但它卻是非常有效的學習方法。它不僅和聽力的培養有關，在反覆訓練的過程中，還能提高語彙能力，加深對語法結構上的理解程度。如果再多加應用三條線筆記術，將可進一步促進學習效果。

　　一般說到聽寫訓練，我想大部分的人通常是一邊聽、一邊寫在廣告單的背面、或是寫在廢紙上，對完答案之後就告一段落了。但這就是聽寫訓練難以持續下去的原因之一。如果能**利用筆記本，把學習的過程保留下來**，將能促使自己持續學習下去。因此，請先準備B5大小的筆記本，專用在聽寫訓練上，並且在頁面畫上基本的三條線。

　　請參考119頁的內容。在①的位置，寫上聽寫訓練教材的標題，②是寫上日期、聽寫訓練的頁次、行數等等。

　　Ａ欄是用來實際聽寫的欄位。剛起步的階段，從一次三行左右開始，等熟悉之後再以各五行的份量聽寫。當能力達到某種程度之後，改為一次聽寫三十秒左右、一個段落的英語。此外，因為之後還需要訂正英語的部分，所以寫的時候要保留間隔。

先反覆聽英語聽力練習三至五遍，並且寫成英語。

如果有地方聽了好幾次也聽不太懂的話，可先用**拼音**的方式，寫下你所聽到的字音。這部分或許有不同的意見，但先把自己耳朵聽到的字音直接記下，之後在對答案的時候，可以確認自己聽到的字音，和實際的字義之間有何差別，進而鍛練出「英語耳力」。

在聽完五遍之後，開始對答案。請用紅筆訂正錯誤的地方。訂正的重要原則，就是使自己能清清楚楚看出哪個單字或片語是怎麼錯的。

即使有些部分一開始可能完全聽不懂，但是在填入單字的過程中，你的直覺將可能慢慢發揮作用，例如「就文法來說，這裡應該使用when吧」，於是在重聽一次的時候，你便可能清楚聽到「when」。因此，聽寫訓練也是一種檢驗文法能力的練習。

接下來再把聽不懂的部分，寫在Ｂ欄裡。

如果只有一個單字聽不懂的話，只寫上單字；倘若聽不懂的部分包括前後字詞的話，則將詞彙或整段句子寫下來。

英語聽寫筆記的作法

```
① 教材標題
②
日期
等等
                 A                    B              C
              聽寫欄              聽不懂的部分      單字、句型
           (一次三～五行左右)                     中文翻譯
```

聽寫訓練的方式

❶ 聽三～五遍之後，寫下聽到的內容。

❷ 聽不懂的部分，盡可能用拼音的方式寫下來。

❸ 核對答案。用紅筆訂正正確的答案。

☑ 確認聽不懂的原因

接下來，就針對聽不懂的單字和詞彙，確認其原因。而原因應該不出以下三個：

① 原本就不懂該單字或詞彙。

② 背錯了拼法。

③ 雖然知道單字的意思，但卻聽不懂整句話的意義。

符合以上三者任何一項，你可用不同顏色的螢光筆區分標示。

附帶一提，就強化聽力這一點來說，尤其需要加強練習**「雖然知道單字的意思，但卻聽不懂整句話的意義」**的部分。

理解不懂的單字或內容所必要的重要句型、片語，寫在 C 欄裡。意義和用法也在查明之後寫在 C 欄裡。

以此種方式運用三條線筆記術的話，聽寫訓練就不僅僅能練習聽力，它還可以同時增加你的詞彙，檢視及確定文法等項目。

☑ 熟練之前，建議在 C 欄寫上中文翻釋

此外，在熟練之前，原本就不懂的重要單字和句型，我想這時應該也聽不懂。把這些都整理在 B 欄裡，然後將自己整理的中文翻釋寫在 C 欄裡。如此一來，包括聽力、閱讀理解能力、單字，

全都能彙整在一本聽寫筆記本裡。

☑ 以中文翻譯確認內容

其次是以教材中的中文翻譯為參考，確認你翻譯的內容是否正確。在練習英語聽力而寫下來的內容，如果在聽的時候不了解意思，請在不懂的地方畫線。當你認識該單字，而且也聽懂了，但是卻不知道整句話的意思時，原因可能是出在——**「不知道慣用語、文法上的意義」**、**「不熟悉英語的結構，一時無法掌握它的意思」**。就這部分而言，持續聽寫訓練，在熟悉英語發音的過程中，你可能會逐漸理解，但對於自己不太懂意思的部分，我認為最好也一併記在 B 欄裡。

☑ 再次挑戰聽力

依照上述的方式，將必要的內容全寫在筆記本上，然後再次聆聽英語發音。對於 B 欄所寫的單字及片語，請特別專注聆聽，重複聆聽直到聽懂為止。三條線筆記術的優點就在這裡，它能將你的「弱點」，例如：聽不懂的地方、不懂的單字，以一目暸然的具體方式記錄下來，因此你便能集中精神學習必要的重點，使學習更加有效率。

另外練習時還有餘力的人，我建議可在完成聽寫訓練之後，接

著做「**同步複誦**」（Shadowing）練習。同步複誦練習同時也能訓練「口說」的能力，如果能配合聽寫練習一起做的話，這就成為所向無敵的英語訓練絕招了。

☑ 利用三條線筆記，實際感受聽力的進步

在聽寫訓練的時候，即使只聽寫幾行的英語，但是卻需要耗費相當多的時間。如果你需要確認自己有沒有聽懂，而且還要整理不懂的單字和重要詞彙，最後再做一次聽寫練習的話，或許就得花上三十～四十分鐘的時間了。倘若每天練習的話，實在太辛苦

什麼是「同步複誦（Shadowing）」？
　耳朵聆聽英語發音，口中以同步的方式跟著複誦所聽到內容的一種訓練。它除了可以練習聽力以外，同時具有培養「口說」能力的效果。

了，因此最好排定每週的練習進度，一開始先設定每週兩次，如果這樣也吃不消的話，改成每週一次也行，總之，我建議在不勉強的範圍內練習，最重要的是**定期而持續下去**。

另外還有一項重點，那就是以前做過的聽寫訓練，偶爾也要**回頭再聽聽看**。重複地學習，可以回想起遺忘的部分，更重要的是，它能使你感受到自己聽力進步，因為以前聽不懂的地方，這回已經可以完全聽懂了。

當你不太有時間做聽寫訓練的時候，即可使用這個方法。一週做一次聽寫訓練，下一週則重新再聽一次，這也是不錯的方式。

照這樣持續進行聽寫訓練，偶爾回頭複習筆記本，你將會發現，先前完全聽不懂、讓你吃了一番苦頭的片語，這回卻輕輕鬆鬆就聽懂了。對於自己的聽力進步程度，你應該會大吃一驚吧！

三條線筆記的好處，不僅僅能讓你清楚知道自己的弱點，**同時它也能讓你親眼看到、實際感受到具體的進步軌跡**。學習英語時，最重要的就是維持動力，持續踏實地學習，就這一點而言，三條線筆記術應該是你值得運用的好學習工具。

教材 初級參考書

《〇〇〇〇 練習冊》

4/21　① After all my tax　taking out.
　　　　　　　　　 ⌃are
　　　 My net 薪* is law.

　　　② Net profit this year 　　dropped
　　　　 consider ~ law.

　　　③ The company is now inso ~~ ?

1

2

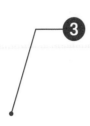

After all my taxes are
taking out. My net salary
is <u>low</u>.

Net profit this year
dropped <u>considerably</u> low.

The company is now
<u>insolvent</u>.

salary　←注意拼法
net　最後的
net salary　總給付金額

considerably　大幅地
low　低
※ law　法律 ⎫ 注意拼法

insolvent　已經破產

❸ 確認正確答案，把答案寫在筆記本上。需要注意的重點，用底線等
方式標示，以方便日後複習。

❹ 寫下應背誦、應注意的單字。

3 〔三條線筆記活用術②〕 TOEIC 測驗筆記

　　最近有越來越多的企業，建議員工參加TOEIC考試，甚至有企業將TOEIC分數，設定為晉升的門檻之一，無論是找工作或換工作，TOEIC的分數也往往是評比的條件。出了社會之後而重拾英語的人，應該有很多是衝著TOEIC考試而來的吧。

　　TOEIC是一種測驗職場英語溝通能力的考試，無論是單字或表現句型，皆以職場的應用為主，所以要學的範圍很明確。因此在學習的時候，主要是使用《多益測驗官方全真試題指南》為主的TOEIC相關試題冊、參考書。對此，我的補習班學生們，一樣利用了基本的三條線筆記術來學習。

　　接下來，我們就趕緊備妥基本的三條線筆記，開始來做TOEIC測驗題吧。

　　請看本書128頁的內容。①的部分是用來填寫測驗題的名稱或章節名稱。②是填寫日期或頁次，Ａ欄用來答題。填寫Ａ欄時，請一邊答題，一邊把自己有疑問的地方，一一註記在Ａ欄裡。

　　比方來說，「△△與╳╳的意思有何不同？」、「第○個選項是陷阱嗎？」、「單字雖懂，但不懂整句的意思」、「聽不懂」等等，一邊答題，一邊把自己想到的事、自己認為的重點，一一記下來。

　　附帶一提，從考題與答題時間的比例來看，TOEIC考試的題數算是相對較多，因此就需要較快的答題速度。應該有人就把學習時間設定和實際考試時間一樣，只顧悶著頭回答，使得學習品質顯得粗糙。然而三條線筆記術的學習方式，則能利用兩階段的步驟來克服TOEIC的阻礙。

　　首先是紮實地學會TOEIC所必要的知識。不要在意時間的限制，把自己不懂、應該要背的部分，從教材之中摘錄出來，然後徹底學會，這才是最優先的工作。

　　其次是在累積了充分的實力之後，為了習慣TOEIC的速度，請練習在限制時間內答題。透過上述兩階段的學習步驟，才能讓你輕鬆地戰勝TOEIC。

☑集中學習Ｃ欄的內容，熟記TOEIC的字彙

　　試題大致答完之後，接下來就開始核對答案。

　　用紅筆打上「圈」或「叉」，寫上正確答案。接著一邊看解答或解說，一邊把錯的原因、錯的地方，一一寫在Ｂ欄裡，並且把試題指南的重要解說，摘錄在筆記上。例如寫上「陷阱題，很多人容易把△△和✕✕混淆」等等。最後在Ｃ欄寫上應背誦的單字、慣用語、句型用法等等。

✏ TOEIC測驗筆記的作法

① 教材標題、章節		
②日期、頁次		
A 解答、註記欄	B 答錯的問題點等等	C 單字、句型

　　請先從Ｃ欄開始，把內容徹底學會。Ｃ欄整理的是TOEIC考試所出現的職場英語語彙和句型。還不熟悉職場英語的人，剛開始的時候，Ｃ欄應該全部填得滿滿的吧。不先學會職場相關單字和慣用語，在TOEIC考試就不可能得到分數，因此在一開始的階段，應該先**反復複習Ｃ欄**，盡可能多背英文職場用語，這就是培養TOEIC應試實力的關鍵點。

　　此外，倘若英語和中文的職場用語某種程度相通，看到單字就可能猜得出意思來的人，可以不需要在Ｃ欄寫上中文翻譯。如此一來，對於知道但卻不懂正確意思及用法的單字和句型，便能較容易發現。如果大略看過卻不懂的話，請當下立刻翻閱參考書或字典來確認。

☑用Ｂ欄克服弱點

　　另一方面，Ｂ欄是與TOEIC問題型式有關的部分。從Ｂ欄的筆記，便可知道自己為什麼錯，了解自己的誤答題型，掌握自己的罩門所在。換句話說，Ｂ欄就像是為自己量身訂做的誤答題型集。

　　至於能提高Ｂ欄精確度的，其實就是Ａ欄的註記。雖然當下你回答得自信滿滿，實際上卻輕易地掉入了題目的陷阱裡，或是弄混了意思上有微妙差異的單字，當了解了這些情況，把自身的

弱點註記在Ａ欄裡，你便能更清楚掌握自己的弱點。釐清了自己不擅長的部分、掌握自己的弱點之後，你將可以知道，該採取何種讀書方式才對？對於讓你吃足苦頭的題型，該如何面對處理才好？

無論是學習英語或學習其他的科目，如果只著力在已經背熟的部分、或是已經懂的部分，無論再怎麼做也不能進一步增加你的實力。以英語來說，對於你所不懂的重要單字，只要多背一個，便能多增加一分英語單字實力。而三條線筆記術的特點，便是使你把這一類重要而「不懂之處」，自動地整理在一個地方。因此，三條線筆記的學習方式，不但能提高學習的品質，同時也能提高學習的準確度，可說是促進有效學習的關鍵。

三條線筆記除了適合才剛開始準備TOEIC考試的人之外，由於它還具有「釐清弱點，提高準確度」的特點，所以對於成績已達到六百分以上中級以上程度的人來說，三條線筆記同樣具有莫大的效果。

舉例而言，如果你始終無法跨過八百分、九百分的關卡，其實原因幾乎都是你沒有發現自己不擅長的地方及弱點，換句話說，你沒有把應背下來的部分完全摘錄出來。人們在面對自己不擅長

的部分及弱點時，往往會無意識地避開，導致沒意料到的盲點就這麼留了下來。如果你屬於這種人，你更應該利用三條線筆記術來學習。我相信你一定能因此從中看出自己學習英文的弱點。

對學習者來說，B欄、C欄是顯示該問題難易度的刻度器，同時也是理解度、達成度的指標。隨著持之以恆地學習，B欄、C欄的內容也都順利背起來後，試題的正確回答率便能上升，使得B欄、C欄的寫入數量越來越少。反過來說，如果B欄和C欄，尤其是B欄總是填得滿滿的話，試題對你來說就可能太過困難了，或許你應該考慮調整參考書的級別。

附帶一提，我想應該有很多的人，使用的參考書遠遠高出自己的實力。以簡單的衡量標準來看，請選擇自己在粗略地看過教材後，可以懂七、八成左右，或是在實際答題的時候，可以正確答對六、七成的教材，通常這樣才能讓學習進展得較為順利。

Sample *18* TOEIC測驗筆記①

教材 TOEIC閱讀測驗題

Part 5 閱讀

p.00

(1) A O

(2) A X B

(3) B O

(4) C O

(5) B X A

(6) A X C

p.00

• • • • • • • •

❶ 當成解答欄使用。答題結束後，開始核對答案。

❷ 針對答錯的題目，先看過解說之後，將答錯的問題點寫在這裡。

(2) 注意時態

(5) 不是 of 而是 <u>to</u>

take advantage of
利用

objection　反對

❸ 寫下應背誦的單字、片語等內容。

教材 TOEIC聽力測驗題

聽力

A
○○○

Part 1

(1) B ○   (6) C ○

(2) D ○   (7) D X

(3) C ○   (8) A ○

(4) A X   (9) B ○

(5) C X   (10) C X

Part 2

(11) B X   會場──

(12) B X   聯繫

(13) C ○

①解答欄。正式的TOEIC測驗中，禁止在答案卷標示任何記號，但可將聽力測驗的內容註記在試題紙上，當成聽寫練習。

②寫下答錯的原因、以及應注意的聽寫重點等等。

・注意人數

・東西的位置及形狀

注意 When 和 Where

（一開始就要仔細聽清楚）

lean 傾斜、倚靠

feasible 可能實現的

compile 收集

❸ 寫下應背誦的單字等內容。

希望在做試題之前，先修正文法觀念的人

　　為了參加TOEIC考試而重拾英語學習，並且想從基本文法開始切入的人，我建議不妨先從能學到中學文法的測驗題冊開始學起。因為實用級的文法，只要確實具備中學英語程度就足夠了。此外，最近還有針對上班族所推出的測驗題冊，裡面附有解說，可用來複習英語文法。

　　這時候的學習方式也和TOEIC一樣，先畫上基本的三條線後，用Ａ欄書寫解答和註記；針對答錯的題目，把錯在哪裡、怎麼錯的、以及解答欄的說明，整理在Ｂ欄裡；Ｃ欄則整理應背誦的單字和慣用語，以及文法的內容等等。接著再把Ｃ欄所寫的內容，全部背下來，如果有時間的話，把以前所做的筆記也重新讀一次，以加深理解程度。

　　完成一本測驗題冊之後，你應該對基本的英文用法已經有所了解。文法的部分，只要理解基本的原則即可，例外或特殊的表現型式則完全沒有背的必要。之後再視情況的需要，照著文法解說的書籍加以確認。

〔三條線筆記活用術③〕
英語閱讀筆記

　　至於閱讀方面的學習，使用的則是單頁型的三條線筆記（請參考本書139頁）。先在左端畫上一條直線、上方一條橫線，下方三分之一左右的地方，畫一道橫線。❶用來書寫標題、教材名稱、主題等等，❷用來寫頁次或日期。

　　閱讀的教材請使用內容包含有英語、中英對照翻譯及重要語句說明的類型。然後像先前所提到的一樣，先概略看看，選擇能看懂七～八成左右的教材。英文報紙則適用具備相當實力的讀者使用，但不適合一開始就當成教材使用。

　　在學習的時候，我建議可以把閱讀練習所使用的英語題材，影印之後黏貼在Ａ欄裡，這樣可方便日後回頭複習。首先先閱讀全文，在不懂的單字或不太懂意思的地方，畫上底線，或是用螢光筆標記。接著再用中文把內容摘要寫在Ａ欄的下面。例如：以「本篇文章的主旨」之類的方向為主，整理起來就比較容易了。而這裡並不是要逐字翻譯，而是以了解全篇意旨、內容概要的程度來寫。

　　其次是閱讀中英對照翻譯，檢視自己所寫的內容。把意思無法理解的部分、誤解的英語及其正確意義，寫在Ｂ欄上。自己覺得重要的單字、句型，也一併寫上去。

還沒熟悉閱讀英語文章之前，黏貼在筆記本上的英語可能被螢光筆的標記塗滿。而用中文整理的部分，或許也因為錯誤的關係，使得 B 欄擠滿了需要背起來的單字。然而在慢慢熟悉閱讀英語文章的過程中，寫在 B 欄的內容也將逐漸減少。

　　此外，請偶爾回頭複習一下以前做過的英語閱讀筆記，因為複習可以加深單字等內容的記憶。回頭複習的時候，看到以前所讀過的英語，你應該會驚訝自己怎麼能讀得如此流暢，同時也能了解哪些部分一直困擾著你。

　　保留學習的記錄，就結果而言，它能提高你的學習動力，並且可做為今後學習上的重要方針，讓你真實地感受到它存在的意義。

 英語閱讀筆記的作法

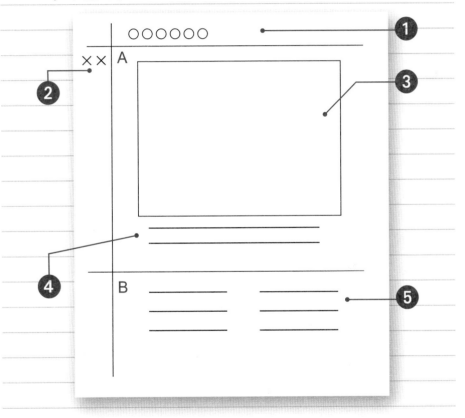

➊教材名稱、標題等等（主題）。

➋頁次、日期。

➌黏貼英語閱讀題材的影印複本。

➍試著用中文書寫內容摘要（只要能了解概要的內容即可）。

➎寫上不懂的單字及表現句型。

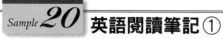

教材 新聞報導

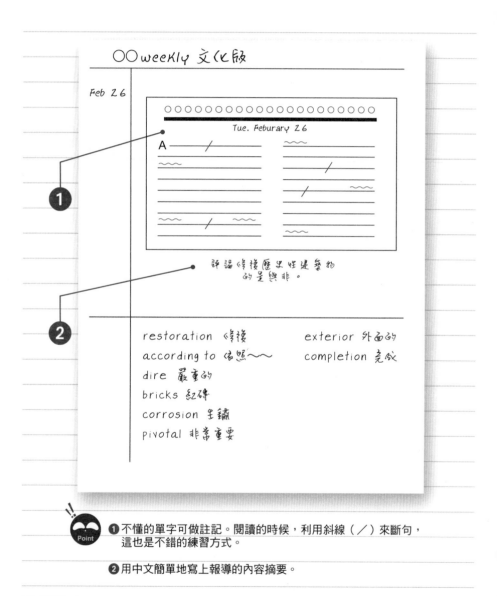

① 不懂的單字可做註記。閱讀的時候，利用斜線（／）來斷句，
這也是不錯的練習方式。

② 用中文簡單地寫上報導的內容摘要。

Sample *21* 英語閱讀筆記②

教材 初級參考書

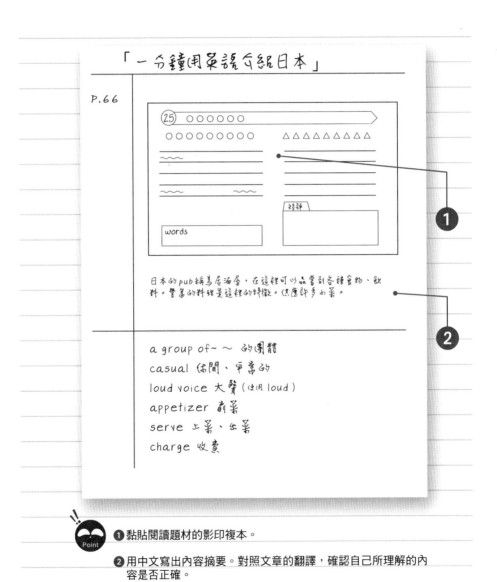

「一分鐘用英語介紹日本」

P.66

日本的pub稱為居酒屋，在這裡可以品嘗到各種食物、飲料。豐富的料理是這裡的特徵。(思慮許多小菜。

a group of~　~ 的團體
casual　休閒、平常的
loud voice　大聲（使用 loud）
appetizer　前菜
serve　上菜、出菜
charge　收費

!!
Point

❶ 黏貼閱讀題材的影印複本。

❷ 用中文寫出內容摘要。對照文章的翻譯，確認自己所理解的內容是否正確。

附錄

解決英語學習的困擾

　　三條線筆記術是一種快樂且有效率的英語學習方法，你覺得如何呢？希望透過這樣的學習技巧，能對忙碌的現代人，提供一個可身體力行的方法。

　　最後這部分要介紹的是Q&A，裡面列舉了一些大家在學習英語上容易遇到的困擾及其解決方法。始終學不好英語的人，一定是在學習方法上犯了什麼錯誤，因此請參考接下來所介紹的Q&A。Q&A除了提出問題點的思考之外，同時也介紹了解決的線索。請各位一定要試著找找看，找出自己在學習英語上的癥結點，並且找到改善的對策。

【開始學習】

「因為工作的關係，我被迫不得不使用英語，
但是我不知道該從何處著手？」

已經很久沒接觸英語了，突然要重拾英語，最傷腦筋的一點，
應該就是——不知道自己的英語程度在哪裡。

當這種情況發生時，有種方法可以讓你簡單地掌握自己的英語
程度。那就是試做公立高中英語入學試題。如果你能答對八成的
話，你就可以說是具備基礎的英語實力，倘若低於六成的話，代
表了你不太具有基礎知識，所以需要從**中學英語**開始複習。

中學英語所學的單字，最多也大約一二○○字左右，主要是以
基本單字及慣用語為主。文法和語法的部分也是如此，只要掌握
中學程度的水準，等於是濃縮了英語的聽、說、讀、寫各項目。
因此，重新紮實地學會中學英語，就像是打好穩固的英語地基。

或許有人瞧不起「中學英語」，然而如果你能百分之百地流暢
閱讀中學教科書、百分之百地理解教材內容的話，其實你就擁有
相當程度的英語實力。只要紮實地學會中學英語的知識，持續練
習「說」與「聽」，英語實力便能逐步往上提升。因此，中學英
語真的很重要。

　　假使你看過公立高中入學考試的英語閱讀測驗題，如果能懂八成的話，就可説是懂了足夠的基本英語知識。但是，「懂」並不等於「會用」，當然還是需要多加練習，以便達到聽、説、讀、寫的實力。

　　此外，雖然説只要有中學程度的文法知識，基本上就算足夠，但是在「日常實用英語」的範疇裡，單字和慣用語的部分則尚有不足。尤其是一般人所欠缺的，就是日常生活相關的單字及慣用語。比方説，如果問你「斑馬線」的英語怎麼説，你可能一時也不想出來是用什麼單字來表現。因此，補齊日常生活經常用到的單字，可説是非常重要的一環，例如：眼睛所及、平常使用、經常食用的物品、事物等等。

　　另外還有一點很重要，那就是單字也必須**從「懂」的層級，提升到「會用」的層級**。即使單純背會了glass＝「玻璃、杯子」，但是卻可能始終不會使用。因此，請多熟背一些實用階段的表現句，例如「a glass of wine」等等。

【英語教材】

「雖然我嘗試了許多英語學習教材，然而全都半途而廢，學習始終沒有進展。」

　　利用英語教材來學習卻半途而廢，其中絕大多數的原因，就在於教材的程度不適合自己，因為很多人都有選擇高出自己實力的教材或參考書的傾向。或許是大家誤解了只要會做難的，自然就懂簡單的，可是就實際上而言，這根本就是天方夜譚。學習就該從基礎開始，以循序漸進的方式聚沙成塔。請各位千萬記住一句話——欲速則不達。

　　我在補習班裡也經常對學生們說：「選擇參考書的時候，一定要選擇瀏覽之後懂個七～八成的」。我想一定有很多人選錯了教材。如果在沒有多想的情況下選書，大部分的人幾乎都會選擇高出自己實力兩級以上的書。殘酷一點來說的話，就是你所要求的水準，遠遠高過自己的實力了。

　　因此，如果想實際感受學習有進步，就應該從真正符合自己英語實力的教材開始起步。從感覺「好像稍微有點簡單」的教材開始，然後完美地克服一本又一本。

　　於是你就會產生「這一級的英語，我已經完全學會了」的成就感，進而提高自己的學習動力。接著再繼續學習稍微高一等級的

教材。在重複循環而累積的過程中，你的英語實力便能逐步地往上提升。語言不可能一下子就把目標訂在最高點，不要急，請踏實地一步一步往前走。

此外，有的人習慣同時使用不同的教材，但其實**只要一本就足夠了**。在忙碌的生活中，不太可能一次看很多的教材，光是想時間該怎麼安排就很費事了。因此，一次不要使用太多本，請先踏實地學會一本，完成之後再接著下一本。中級、高級程度的人，或許因為學習閱讀、聽力的關係，而需要數本教材，但即使如此，一樣請盡可能地精簡教材的數量。

對於英語這一科，每個人都有覺得棘手的部分、感到不足的部分，各不盡相同，也就是說，每個人都有自己的「罩門」。但只要逐步而且徹底地學會幾本教材，慢慢地補強自己的罩門即可。而這種概念就是在逐一學會幾本教材的過程中，自然而然地產生補強缺失的效果。因此，即使是厚度較薄的教材也無妨，最重要的就是完全讀通整本的內容。

【補習班】

「我每週上一次英話會話課。在課堂上，雖然有使用英語的滿足感，但卻感受不到確切的成效。」

　　雖然有很多人參加英語會話補習班的課程，但是卻幾乎沒有人做好參加課程時的必要準備。所謂的必要準備，其實就是**準備課程當天自己想說的主題**。如果把英語會話課都交給老師，自己只以被動的態度面對的話，課程的價值就會減少一半。

　　我們經常可以聽到，不擅長會話的人，一旦在課堂中被點到，往往只回應一句就了事了。如此一來，參加課程卻始終學不會口語表達的能力，這也是理所當然的了。因此，回答的時候，請用具體的一句話來回答，否則就無法達到練習的效果。

　　例如：當被問到「上週末你去了哪裡？」不要只用「神戶」兩個字就結束，可改用「我和朋友去了神戶」、或是「我去神戶玩」等具體的對話句子來回答。首先從這一點開始留意著手，如果能進一步回答的人，則可以不只使用一句話，而是增加情節，利用兩句、三句話來陳述，例如：「我去了很有名的餐廳，可是店員的態度不好，味道也差強人意」等等的句子描述。

　　話說回來，當下要脫口說出兩句、三句，其實絕不是一件簡單的事。因此才需要先準備自己想說的主題，也就是為了上課而先

準備「話題」，並且先試著在上課前自己說說看。

　　沒有準備話題，只單純前去上課的人，其實不在少數。或許有人認為總之先去上課，聽聽英語外籍老師說說話，被點到的時候，再隨便說句英語回答，只要能接觸英語就行了。然而這樣下去的話，並無法使你的英語實力有實質上的進步。積極地準備主題或話題，例如：「我想聊聊這個話題」、或是思考「這種內容該怎麼表現才好呢」等等，這樣才能增加上課的效果。

　　此外，利用本書第二章所介紹的「三條線筆記術英語話題手冊」，也能大幅提高英語會話課的學習效果。

【會話、文法】

經常聽人說「溝通比文法更重要」，也因此使用了以溝通為主的片語集來學英語，但是遇到整篇文章卻看不太懂其中的意思。

　　不只是英語，只要是語言，一開始一定要先具備文法和單字的知識。它的道理就像是不知道規則就不能打棒球一樣。溝通並非最優先的項目，先要具備基礎知識之後才能溝通。

　　對於文法及基本單字、慣用語沒有自信的人，請先複習中學英語（請參閱Q1）。此外，即使是自認為已具備文法知識的人，一樣請準備一本符合自己實力的文法書。學英語的時候，如果有不懂的地方，應該當下立刻查出每個字的意思。文法並不是一口氣就要全部學完，而是在學習的過程中，逐次地查閱，然後一一學會。

　　只不過，這時的文法學習，並不需要像考大學一樣地詳背瑣碎的文法規則，不需要特別記例外的用法。以棒球規則來比喻的話，只要知道球擊出去就往一壘跑，三出局就交換攻防，其實就能開始玩棒球了，只要懂得這樣的程度就可以了。對於絕對有必要的規則，應該紮實地學會，對於比較難的規則，則等實際碰到這一類的英語表現時，再查閱相關參考書即可。

【聽力】

「平時我就經常聽網路廣播的英語節目，
但是我的英語聽力卻始終沒有長進。」

　　你想聽聽英語廣播，然後就能輕輕鬆鬆地學好英語聽力嗎？其實根本不可能有如此好康的事。當然，這種方式可以使你置身於「正在學英語的氣氛中」，所以就氛圍的營造來說，或許還不錯。然而這並不表示可以採取「聽聽而已」的方式。以培養紮實的英語聽力而言，如果不進行確切的訓練，光聽而已其實不具有太大意義。請把「聽聽而已」的方式，認定是聽力練習的暖身準備，或是讓自己感受到英語節奏的一種方法。

　　想要確切提升英語聽力的人，最重要的就是選擇有英語文稿（腳本）的聽力教材。一邊看著英語稿、一邊聽英語發音，或是只聽而不看英語文稿，確認自己是否能正確聽得懂內容，重複聆聽相同的教材，以達到聽力訓練的目的。

　　我最推薦的聽力練習法，其實就是「聽寫訓練」。剛開始練習的階段，只聽寫兩、三行，等熟悉之後再聽一分鐘長度的英語發音，並且把聽到的內容寫下來。在熟悉之前，或許你會覺得很辛苦，但聽寫的確是一個能培養英語聽力的好方法。

【單字】
「始終記不住單字」

　　説到單字，其實只有一項原則，那就是——「背下來」。然而事實上的確有不少人覺得「我明明就很認真，可是就是背不起來」、或是自認為「白花了一堆時間」等等。

　　其中主要原因有二。一是光背**過於抽象的語彙**。你是不是勉強自己去背專業性的單字或是文學性的單字用語，而不是背誦實際上會在日常生活用到的語彙呢？請靜下心想想。而另一項原因則是想一口氣背**遠遠高出自己目前英語實力的單字量**，一天就想背下一百個、兩百個單字，都太過勉強了。

　　因此，剛開始請先從日常生活的單字開始，一字一字地背下去。日常生活的單字除了是經常用得到的單字，同時也是容易體驗到成果的部分。把這些單字當成雪人的軸心，採往外膨脹的方式來學單字。如此一來，背誦單字就有先後難易的順序了。

　　另外，已經學會某種程度基本單字的人，最重要的就是「以分層化的方式來背單字」。

　　因為英語單字有以下兩種層級：

　　① 看到文字或聽到發音，馬上就能聯想它的中文意思的英語單字。

　　② 從中文意思就能轉換成英語意思的單字。

　　上述①的單字，大多是日常生活的單字，而②則以專業術語、抽象用語居多。如果把這兩層級的單字混在一起全部背起來的話，需要記的單字就會變得非常多。

　　我們日常會話中所使用的中文，幾乎都是簡單的語彙，而且單字的數量也沒有很多。和日常會話所使用的中文一樣，①的單字有必要學得精通，以便能從中文的意思立即與英語聯結。

　　另一方面，②的單字則是日常生活不太會提到的語彙，例如「活斷層」、「基地遷移」等等。因此只要在聽到的時候或看到的時候能懂它的意思就足夠了。

　　採取上述方式，「以分層化的方式來背單字」，用意就在於區分應該精通或不必精通的單字，然後先從應該精通的部分開始背起。

　　從這個觀點來看，剛開始學的時候，最好避免看英文報紙，以免只學到「看懂意思就好」的單字。而是應該先徹底學會平常一般會話所使用的單字，這才是最優先的部分。

【考試對策】

「公司規定要考TOEIC，但我卻始終達不到目標
分數。」

最後，我再來談談如何做好「英文檢定考試應考準備」。包括
TOEIC在內，對於所有的英檢和各種資格考試來説，讀書和考試
是切也切不斷的關係。雖説讀書並不是光以分數和及格為目標，
然而好不容易都已經認真學習了，所以，接下來我就來介紹如何
達成目標的方法。

想要早日達到目標，最重要的方法就是善加結合①**進度表**和
②**學習內容**兩者。具體來説，①的目的是明確訂出起跑點，避免
走錯方向，②則是面對前進過程中所湧現的形形色色問題，設法
一一克服。

事不宜遲，接下來就趕緊説明①進度表的部分。

排定進度表之際，最重要的就是起跑點，所謂的起跑點就是自
己現在的「程度」。我在Q1裡也有提到，不知道自己程度的人，
可以先做做看公立高中的入學試題，以了解自己的程度。剛起步
的時候，請先確認自己是否需要先從中學英語開始複習。

其次，重要的就是學習時間的分配。其實學習英語有個原則，

那就是「**一開始先『背』，接下來自然而然就能『會』**」。反過來說，無論你做了多少試題，倘若沒有「背」下來，那就絕對達不到「會」的階段。我們經常可以聽到有人說「我的○○程度很糟……」，如果再仔細問下去的話，事實上就可以發現，很多人連基本的知識都沒背好。這樣下去的話，無論過多久都沒辦法讓自己的程度達到「會」的階段。

因此，使試題練習與背誦的時間取得平衡，這就是分配學習時間的本質。而在實際的例子裡，許多的人都是「學習時間＝練習考題」，並沒有安排最重要的「背誦時間」。雖說做練習題的時候，的確能有用功讀書的感覺，然而真正重要的，則是透過練習答題，找到自己不懂的單字及表現句型、文法，並且把這些不懂的部分都「背下來」。

安排進度表之際，請將試題練習和背誦的比例，依照2：8的時間分配來規畫。尤其是才剛開始學英語的人，更應該遵守這項時間安排的比例。

以上是安排進度表的重點，接著我再說明學習內容本身應該要注意的事項。

學習內容必須依目的而改變，這當然不需多加説明了。但是本書也提到很多次，許多人因為使用了超出自己能力以上的試題冊及參考書，而讓自己陷入了苦戰的泥沼之中。因此，我們必須依照自己現有的能力，逐步地提升自己的戰力，以合理的方式累積實力。

我把英語學習比喻成在杯子裡裝水，請各位也想想看。杯子的大小就等於你打算讀的試題冊或參考書的程度，而裡面裝入的水，則是你的學習量。

如果你選擇的是符合自己實力的杯子，而且以適當的努力把水注入杯子裡，杯子裡的水面就能慢慢上升，不久之後，整個杯子裡就會是滿滿的水了。而裝滿杯子的水就是眼睛看得到的具體**學習進步**。

倘若這時你選擇了大得像水桶般的杯子（也就是對你而言，難度太高的試題冊或參考書），然後用吸管一點一滴地滴下水（學習量相對過少）的話，你能想像是什麼情況嗎？這樣子，不但裝不滿水，甚至一滴滴的水也會慢慢蒸發，導致水根本就無法累積起來（學習內容根本無法進到記憶裡），讓你的努力全都付諸流水了。

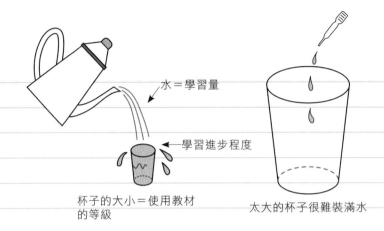

水＝學習量

學習進步程度

杯子的大小＝使用教材
的等級

太大的杯子很難裝滿水

　　在學習內容方面，有時候需要進一步補充新的內容。以試題冊
和參考書而言，便是依等級慢慢往上晉級，一步步地蛻變，感覺
就像杯子裝滿水之後，再換一個稍微大一點的杯子，繼續注水。
如此一來，學英語最重要的**「反復學習」**便能自然成形，讓你避
也避不掉，進而達到預防「忘記」的效果。

　　具體而言，利用數本試題冊或參考書，以進階的方式學習，將
能使某個學習內容A，透過第一本教材A（基礎）→第二本教材A
（應用）→第三本教材A（延伸）的小步驟學習（small step）方式，
加深學習的內容。不要想一下子就直接挑戰延伸的內容，**請從基
礎慢慢地打起**，以便得到紮實的成果。而且A的**相同內容因為反
復學習好幾次，所以還能避免忘記**。

對於這種方法，我們教育工作者把它稱為「分散學習法」，而且它的效果也已經得到了實際的驗證。

　　就這層意義來說，我不太建議「一本書闖天下」的招術，也就是從頭到尾只用一本試題冊或參考書的方式。最好的學習方式，我建議應該先完成薄薄一本教材之後，接著再一本一本地換。重複研讀可以避免忘記舊的，同時也能學到新的。透過這種方式，應該能將你的英語程度紮實地往上提升。

結語

感謝各位一直堅持到最後。在此我再次鄭重保
證,利用「三條線筆記術」來讀書,一定能提高
學習成效。

就像本書〈自序〉裡提到的,英語學習有「三
大經穴」,我並且也說明了,想要打通這三大經
穴,就必須做到「摘要重點」與「背誦」。

至於能讓「摘要重點」與「背誦」順利地進展
下去的強大學習工具,便是我所開發的「三條線
筆記術」。本書可說是特別為了忙碌的現代人,
所提供的英語學習方法。

三條線筆記術是非常棒的工具,請各位一定要
善用,使它成為你學習英語的利器,我相信必定
能為你帶來絕佳的成果。祈願各位成功,就此擱
筆。

橋本和彥

C 文經社

文經文庫 A281

三條線筆記術─史上最強英語學習法

著 作 人 ◎ 橋本和彥
原著書名 ◎ 英語は3本線ノートで覚えなさい
原出版社 ◎ 中經出版
發 行 人 ◎ 趙元美
社　　長 ◎ 吳榮斌
企畫編輯 ◎ 徐利宜
翻　　譯 ◎ 王慧娥
美術設計 ◎ 王小明
行銷企劃 ◎ 劉欣怡
出 版 者 ◎ 文經出版社有限公司
登 記 證 ◎ 新聞局局版台業字第2424號

總社・編輯部

社　　址 ◎ 104 台北市建國北路二段66號11樓之一（文經大樓）
電　　話 ◎ (02)2517-6688
傳　　真 ◎ (02)2515-3368
E - mail ◎ cosmax.pub@msa.hinet.net

業 務 部

地　　址 ◎ 241 新北市三重區光復路一段61巷27號11樓A（鴻運大樓）
電　　話 ◎ (02)2278-3158・2278-2563
傳　　真 ◎ (02)2278-3168
E - mail ◎ cosmax27@ms76.hinet.net
郵撥帳號 ◎ 05088806 文經出版社有限公司

新加坡總代理 ◎ Novum Organum Publishing House Pte Ltd
　　　　　　　 TEL ◎ 65-6462-6141
馬來西亞總代理 ◎ Novum Organum Publishing House(M)Sdn. Bhd.
　　　　　　　 TEL ◎ 603-9179-6333
印 刷 所 ◎ 松霖彩色印刷事業有限公司
法律顧問 ◎ 鄭玉燦律師 (02)2915-5229

定　　價 ◎ 新台幣 300 元
發 行 日 ◎ 2011 年 11 月　第一版　第 1 刷

國家圖書館出版品預行編目資料

三條線筆記術：史上最強英語學習法／
橋本 和彥著；王慧娥翻譯. --第一版. --
臺北市 ： 文經社, 2011.11
面 ； 公分 --（文經文庫 ； 281）
譯自 ：英語は3本線ノートで覚えなさい

ISBN 978-957-663-654-7（平裝）

1.英語　2.學習方法

805.1　　　　　　　　　　100020804

EIGO WA 3BONSEN NOTE DE OBOENASAI
© 2010 KAZUHIKO HASHIMOTO
Originally published in Japan in 2010 by
CHUKEI PUBLISHING COMPANY
Chinese translation rights arranged through
TOHAN CORPORATION,TOKYO.

文經社網址http://www.cosmax.com.tw/
www.facebook.com/cosmax.co 或「博客來網路書店」查詢文經社。